André Rebouças
no divã de Frantz Fanon

Editora Appris Ltda.
1.ª Edição - Copyright© 2022 do autor
Direitos de Edição Reservados à Editora Appris Ltda.

Nenhuma parte desta obra poderá ser utilizada indevidamente, sem estar de acordo com a Lei nº 9.610/98. Se incorreções forem encontradas, serão de exclusiva responsabilidade de seus organizadores. Foi realizado o Depósito Legal na Fundação Biblioteca Nacional, de acordo com as Leis nos 10.994, de 14/12/2004, e 12.192, de 14/01/2010.

Catalogação na Fonte
Elaborado por: Josefina A. S. Guedes
Bibliotecária CRB 9/870

S586a 2022	Silva, Antonio Carlos Higino da
	    André Rebouças no divã de Frantz Fanon / Antonio Carlos Higino da Silva. - 1. ed. - Curitiba : Appris, 2022.
	    157 p. ; 23 cm.
	
	    Inclui bibliografia.
	    ISBN 978-65-250-2752-4
	
	    1. Ficção brasileira. 2. Psicanálise. 3. Rebouças, André, 1838-1898. 4. Fanon, Frantz, 1925-1961. I. Título.
	
	                                             CDD – 869.3

Livro de acordo com a normalização técnica da ABNT

Appris editora

Editora e Livraria Appris Ltda.
Av. Manoel Ribas, 2265 – Mercês
Curitiba/PR – CEP: 80810-002
Tel. (41) 3156 - 4731
www.editoraappris.com.br

Printed in Brazil
Impresso no Brasil

Antonio Carlos Higino da Silva

André Rebouças
no divã de Frantz Fanon

FICHA TÉCNICA

EDITORIAL	Augusto V. de A. Coelho
	Marli Caetano
	Sara C. de Andrade Coelho
COMITÊ EDITORIAL	Andréa Barbosa Gouveia (UFPR)
	Jacques de Lima Ferreira (UP)
	Marilda Aparecida Behrens (PUCPR)
	Ana El Achkar (UNIVERSO/RJ)
	Conrado Moreira Mendes (PUC-MG)
	Eliete Correia dos Santos (UEPB)
	Fabiano Santos (UERJ/IESP)
	Francinete Fernandes de Sousa (UEPB)
	Francisco Carlos Duarte (PUCPR)
	Francisco de Assis (Fiam-Faam, SP, Brasil)
	Juliana Reichert Assunção Tonelli (UEL)
	Maria Aparecida Barbosa (USP)
	Maria Helena Zamora (PUC-Rio)
	Maria Margarida de Andrade (Umack)
	Roque Ismael da Costa Güllich (UFFS)
	Toni Reis (UFPR)
	Valdomiro de Oliveira (UFPR)
	Valério Brusamolin (IFPR)
ASSESSORIA EDITORIAL	Cibele Bastos
REVISÃO	José A. Ramos Junior
PRODUÇÃO EDITORIAL	Bruna Holmen
DIAGRAMAÇÃO	Bruno Ferreira Nascimento
CAPA	Guttemberg Coutinho
COMUNICAÇÃO	Carlos Eduardo Pereira
	Karla Pipolo Olegário
LIVRARIAS E EVENTOS	Estevão Misael
AGENTE EDITORIAL	Eliane Andrade

Plínio Caliman (in memoriam)

*Dedico este trabalho aos meus pais, Terezinha Guilherme
e José Higino; ao meu irmão, Gilcimar; à minha amada
Luciana e ao meu querido filho, Arthur. Agradeço imensamente
ao meu amigo e padrinho Guttemberg Coutinho, que, com
muito desprendimento, se envolveu neste projeto, conferindo-lhe
arte e beleza. Estendo minha gratidão aos professores Flávio
Gomes e André Chevitarese, pelo incentivo de sempre. Ao amigo
Éle Semog, que me prestigiou com seu vasto conhecimento sobre
este estilo literário. Por fim, desejo retribuir todo meu carinho
à minha admirável irmã, Neide Higino, essa mulher incrível
que, com sua inteligência, elegância, força e afeto, visitou cada
página deste texto, em muitas idas e vindas,
proporcionando-nos momentos inesquecíveis em nossa
infinita parceria.*

APRESENTAÇÃO

A presente obra narra o encontro entre o engenheiro brasileiro André Pinto Rebouças e o psiquiatra francês, originário da Martinica, Frantz Fanon. Nesse improvável encontro entre dois homens não contemporâneos, Fanon acolhe Rebouças depois que o brasileiro perde sua memória. Desse momento em diante, o anfitrião tem duas incumbências: a primeira é ajudar, de forma delicada e gradativa, na recuperação das lembranças do brasileiro; a segunda consiste em convencê-lo de que só deve partir quando estiver completamente consciente de sua condição. Mas suas ações são dificultadas pela aflição do engenheiro, que deseja retirar-se do local.

Contudo, para contornar essa situação, um ilustre convidado é integrado à conversa, proporcionando um palco em que as tensões entre os três personagens se desdobram em reflexões psicanalíticas, sociais e políticas dos fatos vivenciados por eles.

Fanon, então, passa a avaliar, por meio de linhas psicanalíticas de orientações opostas, seus interlocutores. Esse exercício permite que eles, voluntariamente, falem de questões de foro extremamente íntimo, confrontando suas condições antagônicas. Com esse tipo de abordagem, os personagens são cotejados em relevantes aspectos de suas vidas que vão desde as relações estabelecidas com suas respectivas figuras paternas até as maneiras escolhidas para enfrentar o escravagismo e o racismo.

Ao longo dessa conversa, que atravessa diferentes temáticas, importantes aspectos da vida de André Rebouças são retomados, promovendo uma releitura dos fatos realizados por esse personagem histórico. Apesar de seu caráter fictício, a abordagem adotada neste livro procura oferecer aos conhecedores da biografia de Rebouças e aos ainda não iniciados uma nova ótica sobre seus feitos.

Por fim, a recuperação das lembranças do protagonista remete à salvaguarda da memória desse brasileiro que compõe um dos quadros mais proeminentes da vida nacional. Sendo assim, espera-se que o trabalho desenvolvido sirva aos apaixonados por história e que a forma quase teatral do texto convoque à leitura os mais diversos públicos.

Antonio Higino

SUMÁRIO

A CHEGADA 13

PRIMEIRA VISÃO: A SECA 21

SEGUNDA VISÃO: O SONETO 27

O CONVIDADO 33

ESTEREÓTIPOS E ESTIGMAS 41

O DOMÍNIO DO CÓDIGO 47

A BODARRADA 55

LINHAS DE ORIENTAÇÃO: CAPÉCIA 63

O COMPLEXO DE CULPA 71

LINHA DE ORIENTAÇÃO: VENEUSE 79

O ABISMO 87

OS TRÊS PASSOS 93

O FUNDO DO ABISMO 101

HERANÇA ANCESTRAL 109

A MANIFESTAÇÃO DO ÓDIO 115

TECNOLOGIA E GESTÃO...121

DEUSES, VOCÊS NÃO SÃO DEUSES?............................131

O AUTOEXÍLIO..135

APÊNDICE...147

ANEXO A 149

DOCAS...150

DOCAS...151

NOTAS...155

A CHEGADA

Em 13 de janeiro de 1838, a cidade de Cachoeira, na Bahia, legava ao mundo um dos mais importantes nomes da engenharia brasileira. Nascido com condições de saúde precária, André Pinto Rebouças recebeu o mesmo nome do avô materno e não se acreditava que passaria dos primeiros dias de vida. Contrariando as expectativas, Rebouças se tornou engenheiro militar, participou da guerra contra o Paraguai, foi professor da Escola Politécnica, empresário fundador das primeiras companhias de docas do Brasil, jornalista e abolicionista. Um polímata que entregou sua vida às suas convicções. Destacou-se em cada uma das habilidades que desenvolveu, mas, indubitavelmente, foi em sua vivência abolicionista que atingiu o auge de sua paixão.

Sua luta contra a escravidão seguiu mesmo após a abolição, em 1888, e pode ser sintetizada pela frase por ele pronunciada: *"Quem possui a terra, possui o homem"*. Ele tornou esse *slogan* uma bandeira e usou de todo o seu conhecimento para extinguir qualquer forma de manutenção da posse de um ser humano por outro. De 13 de maio de 1888 até a Proclamação da República, em 15 de novembro de 1889, dedicou-se a vários projetos de inclusão dos libertos. Mas quando viu seus adversários, escravagistas, assumirem o poder político na nova forma de governo, tomou-se de um enorme um vazio em sua alma e sentiu que não mais pertencia ao seu país. Com grande tristeza e sofrimento, ele partiu para dedicar-se a essa causa no continente de seus ancestrais, a África. Em seu autoexílio, esvaziou-se de si mesmo, procurou reconstruir um sentido para seus propósitos, porém não conseguia reconhecer qual era o seu lugar.

Um dia, tomado de enorme infelicidade, confuso, desorientado, sozinho, cansado e desacreditado, Rebouças não se lembrava de seu passado nem sabia onde estava. Por mais que tentasse, não imagina como teria chegado àquele lugar. Com muita dificuldade, identificou que estava em uma antessala para um outro recinto. Contudo ele não se demorou muito tempo observando, pois sentia um mal-estar terrível.

Pouco tempo depois, um outro homem chegou àquela sala. Muito calmo, observou a presença de Rebouças. Tinha diante de si um homem negro, alto, magro e bem-vestido. Seus sapatos eram brilhantes e ele usava uma longa túnica acompanhada de um colete, que reforçava sua postura esguia. Ele estava de pé naquela pequena sala de iluminação discreta, com algumas poucas cadeiras e uma pequena mesa de escritório. Suas mãos estavam comprimindo as laterais da cabeça, que estava ligeiramente inclinada para a frente, e seus olhos estavam bem cerrados.

— Bom dia.

Rebouças abriu os olhos, nada respondeu e voltou a fechá-los.

— Eu não me lembro de ter consulta marcada a esta hora, mas posso ter me enganado.

E mais uma vez nenhuma resposta foi dada.

— Eu vim, na verdade, para organizar alguns prontuários e reagendar algumas consultas. Mas o senhor não me parece nada bem. Posso ajudar?

Dessa vez Rebouças abriu os olhos, abaixou as mãos e respondeu, angustiado:

— Desculpe-me! Eu estou com uma dor de cabeça terrível. Mal consigo abrir os olhos. Nunca senti isso antes. E o pior. Não me recordo de nada neste instante.

— Tudo bem! Vamos entrar em meu consultório. Lá o senhor poderá acomodar-se melhor e tomar um remédio, se assim preferir.

Em um tom baixo quase sussurrando, ele disse:

— Obrigado.

O médico acompanhou Rebouças até a porta e, após abri-la, dirigiu-se novamente a ele, com um olhar fixo e sereno, e disse:

— Sinta-se à vontade. Procure um lugar para sentar-se e relaxe.

O consultório era bem grande. Havia uma mesa para fazer registros e estudos acompanhada de uma confortável cadeira. Também era possível ver algumas cadeiras menores distribuídas em alguns cantos da sala. Enormes prateleiras ocupavam duas paredes com incontáveis livros, entre os quais se podiam ver os de medicina, filosofia, sociologia e psicanálise.

Em uma outra parede havia armários para a organização de prontuários, outro para medicação e uma pequena mesa para a preparação de remédios. A outra parede era tomada por uma janela enorme coberta por persianas, que estavam fechadas. Bem no meio da sala, sobre um tapete, havia uma poltrona, ao lado dela estava uma pequena cômoda e, para completar esse conjunto, um agradável divã de couro.

Logo que entrou, o médico acendeu uma lâmpada amarela que ficava no centro do teto, em um lustre pequeno para as dimensões daquela sala. Em seguida, procurou um remédio em um dos armários do consultório. Após encontrar a medicação desejada, encheu um copo com água, colocou-os em uma bandeja e deixou-a sobre uma mesa ao lado do armário. Dirigiu-se à grande janela do consultório a fim de abrir a persiana, para melhor iluminar o ambiente. Mas, naquele mesmo instante, Rebouças pediu que mantivesse a persiana fechada, pois a luz estava causando nele muito incômodo. Então o médico insistiu:

— Sente-se. Qual é o seu nome? Onde é a sua casa? Há alguém que queira contactar?

— Que lugar é este?

— Meu consultório.

— Não. Sei. Não é isso que estou querendo saber.

— Que tal ao menos sentar-se e tomar um remédio para sua dor? — disse o médico, mostrando a bandeja que havia preparado.

Mesmo com toda a gentileza do médico, o mal-estar e a desorientação não permitiam que Rebouças se sentisse à vontade. Ele começou a andar de um lado para o outro do consultório. Olhou nos olhos do médico por alguns segundos e voltou a andar. De repente, ele parou e contemplou cada canto daquele ambiente como se quisesse identificar que lugar era aquele. Tudo isso sempre em silêncio, que só foi interrompido com uma frase curta e ríspida:

— Não vou tomar nenhum remédio.

— Eu apenas desejo ajudá-lo. Mas se não me der alternativas, nada posso fazer. Vou colocar a bandeja de volta na mesa. Que tal ao menos sentar-se?

A bandeja foi colocada de volta na mesa. Rebouças resolveu sentar-se em uma das extremidades do divã.

— Por que não consigo me recordar de nada? E por que estou sentido esta dor terrível?

— Tem certeza de que não quer tomar o remédio?

— Não quero ficar mais desorientado do que já estou. Não há remédio que possa fazer essa sensação horrível passar. Prefiro manter-me ao menos acordado.

— Então, o senhor também é médico? Pois posso lhe garantir que não se trata de um remédio para fazê-lo dormir.

Rebouças se levantou novamente e, muito nervoso, disse:

– Não sei se sou médico. Nem sei quem sou. Não me recordo de nada. Já disse. Não sei se sou capaz de responder a todo o seu interrogatório. Será que já não me deram algum remédio antes? Como vim parar aqui? Por que tanto quer me ajudar?

Como uma voz serena e falando bem devagar, o médico disse:

— Tudo bem. Acalme-se. Não precisa tomar a medicação. Apenas sente-se, por favor.

Rebouças se sentou novamente no divã e o médico sentou-se na poltrona próximo a ele.

— Quero apenas ajudá-lo. Sou médico. Isso faz parte de meu trabalho e do juramento que fiz. Quanto às perguntas, preciso dizer que é um hábito da minha profissão. Se não quiser, realmente, não precisa tomar nenhum remédio. Mas vou lhe sugerir uma outra coisa.

— Do que se trata agora?

— Gostaria que se deitasse nesse divã em que está sentado e que ouvisse minhas instruções. Penso que, dessa forma, podemos tentar resolver seu problema de outra maneira.

Rebouças ajeitou sua túnica e preparou-se para retirar seus sapatos, mas foi interrompido pelo médico.

— Apenas deite-se. Não precisa retirar os sapatos. Mas se quiser retirar, tudo bem. Inclusive pode retirar também a túnica e o colete para se sentir mais confortável, não há problemas.

— Vou apenas me deitar. Não vou retirar nada.

— Perfeito. Tudo bem. Relaxe um pouco, agora que se deitou. Se conseguir, procure lembrar-se de qualquer coisa.

— Lembro-me apenas de um costume. Eu tenho um diário. Nele anoto minhas atividades com muita frequência. Gostaria de estar com ele agora.

— Não se preocupe. Ele não lhe fará falta. Agora eu preciso que mantenha os olhos fechados e concentre-se em minha voz. Procure relaxar e recordar-se de algo ou de alguma anotação de seu diário. Procure alguma imagem em sua mente. Uma pessoa, um objeto ou um lugar.

Enquanto Rebouças procurava relaxar e recordar-se de alguma memória, o médico puxou a gaveta da pequena cômoda que estava ao seu lado e dela retirou papel e caneta para seus registros. Embora as persianas não estivessem abertas, a pouca iluminação fornecida pela lâmpada de luz amarela no centro do teto permitiu que as anotações necessárias fossem feitas. Em meio àquela penumbra, o lugar foi tomado de um silêncio absoluto, de paz e de tranquilidade, até que Rebouças disse:

— Eu vejo um cenário em que há uma grande seca. Também vejo jornais, mas eles estão recortados e têm nesses pedaços pequenos sonetos. Tais sonetos fazem menção à minha pessoa e me atacam. Referem-se ao "prejuízo de cor", à minha masculinidade e à minha competência profissional.

— Consegue identificar tais sonetos?

— São muitos.

— Concentre-se!!

Rebouças começou a declamar:

> *É monopólio atroz quase trapaça,*
> *Grossa melgueira, volumosa peça,*
> *Quem há que esta verdade desconheça,*
> *Se não quem marca ignorância crassa?*
> *Um rapapé beiçudo, uma chalaça,*
> *Um abracinho, um riso... tudo cessa!*
> *Eis do Móyses o gênio, eis a cabeça...*
> *Formoso tipo que sorrindo passa.*
> *Note bem o leitor, faço justiça;*

Canta bem e seduz como uma moça,

E tudo quanto vê logo cobiça.

Um trapiche qualquer... logo lhe atiça!

Não há ninguém que resistir-lhe possa!

Enfim, conforme o padre, vai à missa!

Lágrimas desceram de seu rosto, as palavras por vezes eram proferidas embargadas pelo choro.

— Consegue outro?

— Não. São muitos e sempre ofensivos. A repulsa que me provocam me impede de continuar.

— Consegue ver outra coisa?

— Sim. Agora eu me vejo num grande paquete a vapor da White Star Line em direção aos Estados Unidos. Estou muito excitado, pois é a primeira vez que embarco para esse país. Mas há algo confuso, afora o ânimo que vivencio.

— Consegue descrever essa sensação?

— Recordo-me que essa era uma viagem de estudo, mas também de fuga dos meus problemas. A bordo desse navio tenho a sensação de ter vivido em vários lugares, embora não me recorde de nenhum. É como se não pertencesse a qualquer lugar.

— Consegue ver ou lembrar-se de algo mais?

— Foram dias difíceis. Fui barrado nos melhores hotéis, mesmo podendo pagar. Só pude ficar num quartinho muito sujo no terceiro andar do Hotel Washington, sob a condição de que comesse no quarto e não no restaurante. Não pude assistir ao espetáculo na Grand Opera House. No trem que nos levou para o Niágara, mais uma vez tive problema no vagão-restaurante, mas como estava acompanhado do filho de Lidgerwood, consegui me alimentar. No dia seguinte, estando só, passei fome.

E um choro ressentido, quase silencioso, tomou conta do consultório. Era um pranto magoado. Algumas contrações musculares, como leves convulsões, eram acompanhadas do chiado típico de um choro. Aos poucos, ele foi parando, contudo, não mais proferiu sequer uma palavra e permaneceu com os olhos fechados. Ambos ficaram em silêncio por dois ou três minutos. Passado algum tempo, o médico tentou retomar as perguntas ao perceber que o homem havia se acalmado novamente.

— O que mais vê?

Mas não obteve resposta, esperou mais uns instantes e insistiu.

— O que mais vê?

— Vejo os Estados Unidos como uma república livre do legado da servidão e da vassalagem europeia. Mas nesta visão, a deusa romana Libertas, símbolo da liberdade, no alto de uma ilha, não tem a corrente quebrada aos seus pés. Ela luta para se desvencilhar de correntes que a prendem. E eu apenas corro para voltar ao meu navio, que parte.

— E o senhor consegue embarcar de volta?

— Sim.

— A bordo desse navio, o senhor vai voltar lentamente acompanhando o som da minha voz. Bem devagar.

Enquanto isso, ele colocou suas anotações sobre a pequena cômoda, guardou sua caneta e fez mais uma pergunta.

— O senhor vê o que o aguarda em seu destino?

— Sim. Meus adversários. Resistentes diante do progresso, indiferentes aos estudos que fui realizar, aos documentos que trouxe como prova de minha competência e inertes ante o processo de fusão das companhias de docas que eu gerenciava.

— Tudo bem. O senhor está chegando. O navio já vai atracar. Reduz os motores. Começa a manobrar. E eu vou contar até três. Quando eu chegar ao três, estalarei meus dedos e o senhor abrirá os olhos. Um, dois, três.

Ao estalar dos dedos, Rebouças abriu os olhos, tinha uma feição de surpresa. Era como se tivesse acordado de um sono profundo. Suas visões eram uma mistura de memórias, sonhos e realidade. Eram memórias antigas que vieram à tona como se fossem muito recentes, mas se embaralhavam em sua temporalidade. Ainda um tanto atônito, começou a dizer:

— Isso foi incrível. Minha dor se foi. Eu me lembrei de coisas de quando eu era um jovem engenheiro e empresário. Eu acreditava que ia mudar o mundo, a começar pelo meu país. Vi coisas que já nem lembrava que havia vivenciado e outras que tenho certeza de que não vivenciei.

Nunca passei realmente pela Estátua da Liberdade. Vi pessoas que foram verdadeiramente generosas comigo e outras que não senti nem um pouco de saudade.

— Pode parecer, mas não é como um simples sonho! Chama-se hipnose.

— Obviamente que não. Eu não chamaria assim, pois foi uma maneira especial de reencontrar o passado e as minhas memórias.

— Então seja bem-vindo, senhor?

Rebouças se levantou com calma do divã, esticou sua longa túnica e disse:

— André Pinto Rebouças, engenheiro de obras hidráulicas, um abolicionista apaixonado pela causa da humanidade, defensor da extinção da miséria no mundo, a começar pelo meu país. Meus estudos socionômicos dão prova disso!

O psiquiatra também se levantou, estendeu sua mão e eles se cumprimentaram.

— Prazer, senhor Rebouças. Me chamo Frantz Fanon. Sou um psiquiatra francês, nascido na Martinica, e, assim como o senhor, sou um defensor da liberdade.

Naquele momento, estabeleceu-se um ponto de intersecção, afora a cor de suas peles, entre aqueles dois homens que lutavam por seus ideais de liberdade. Nessa guerra, que precisa ser travada em diferentes territórios, a força, o ímpeto e a indignação de Fanon foram ao encontro da credulidade, da esperança e das aspirações de Rebouças.

PRIMEIRA VISÃO:
A SECA

Frantz Fanon ficou feliz por ter acessado parte das lembranças de Rebouças. Ele sabia que havia mais coisas a serem feitas e estava muito interessado no comportamento do engenheiro. Sua experiência como médico psiquiatra durante a Guerra de Independência da Argélia contra o domínio francês lhe conferia bastante segurança durante seus procedimentos.

Depois de escutar e registrar aquelas memórias e a dor vinculada a elas, Fanon se mostrou interessado em seguir seu atendimento.

— Suas visões foram intensas. Quer falar sobre isso?

— Não. Obrigado. Sou muito grato pela sua ajuda. Sua intervenção foi de grande valia, mas já tenho recordações o suficiente. Inclusive aquelas que não desejava.

— Penso que as indesejáveis são as mais interessantes e produtivas.

— Esqueceu de dizer invasivas também.

— Não quero ser inconveniente. Estou apenas fazendo meu trabalho.

— Como já disse, sua ajuda foi de grande valia. Mas, agora que recobrei a memória, preciso partir. Não posso perder minha viagem. Eu estive em Cannes para ver o imperador e vim aqui para Marselha apenas temporariamente; pois vou para Barbeton pelo Canal de Suez. Quanto devo pagar?

Ao ouvir aquelas palavras, Fanon sabia que Rebouças ainda não estava totalmente recuperado e que sua memória ainda lhe pregava peças.

— Por que acha que está na França?

— O senhor acabou de dizer que é um psiquiatra francês. Minha memória não está totalmente recuperada, mas não posso estar na Martinica, considerando as poucas coisas que me recordo.

— Ah! O senhor deduziu isso porque eu...

Repentinamente, Rebouças se sentiu tonto e sentou-se no divã.

— O senhor se sente bem? Sua cabeça voltou a doer?

— A dor não voltou, mas sinto-me muito tonto.

— Espere mais um pouco e vamos conversando até que você melhore. O que acha?

— Sim. Não posso sair daqui nessas condições.

— Não. Não pode mesmo. Preciso estar seguro de que está em plena condição de retomar as suas atividades, pois, pelo que pude observar em suas memórias, o senhor é um homem muito ocupado e comprometido com diversas causas.

Fanon se sentou de novo em sua grande cadeira. André permaneceu estático por alguns segundos, acomodou-se no divã e voltou a falar:

— Se acha que é melhor assim, vamos conversar. Acredito que logo recobrarei minha memória e estarei em condições de partir.

— Então, conte-me sobre suas atividades como engenheiro.

— Sim. Sempre acreditei que a engenharia tornaria seus discípulos os principais responsáveis pela promoção do bem de todos e por dias melhores para a humanidade. Sempre tive muitas ideias. Dormia, acordava e sonhava com elas. Ser engenheiro era a chance de mudar os lugares, mas também a vida das pessoas, abrindo passagem para o carro do progresso.

Discretamente, Fanon virou para o lado, pegou suas anotações e, olhando para elas, disse:

— Fale mais sobre isso. Sobre esse progresso. Sua primeira visão não tratava de um progresso da engenharia. Referia-se a uma seca. Quer falar sobre isso?

— Eu me recordei da grande seca que assolou naquele ano a cidade em que eu vivia. O volume de água foi reduzindo e sumindo dos chafarizes públicos a ponto de a situação se tornar calamitosa. No início daquele ano, meu irmão Antônio e eu pensamos em organizar um projeto para uma companhia de águas que levasse, por uma módica quantia, água à casa das pessoas. Apresentamos o projeto ao ministro da Agricultura, ao chefe de Gabinete de Ministros e até ao imperador. Todos se mostraram interessados desde logo.

— E o que fizeram, então?

— Diante de tanto entusiasmo, começamos a sondar homens ricos para levantar capitais. Nos reunimos para discussões sobre a garantia de juros, o limite de capital e sobre levar, ou não, água às casas dos pobres. Sobre essa última questão, o imperador achou um exagero. Mas os meses foram se passando, a seca se agravando e nada saía do papel.

— O senhor sempre se refere aos cargos. Por que não fala os nomes? Lembra-se do nome deles?

— Neste momento, apenas o nome do imperador. Isso é inacreditável. Começo a achar que devia ter tomado o remédio que me indicou.

— Ainda quer?

— Não! Obrigado. Acredito que seja apenas por causa de minha ansiedade. Logo estarei melhor e partirei para a África.

— Bom, de toda forma, sua lembrança da seca está ligada a uma solução que reflete uma façanha de sua formação.

O semblante de Rebouças estava tomado de orgulho e ele parecia estar melhorando. Seus olhos brilhavam. Ele quase esboçou um sorriso. Mas, rapidamente, se transformou.

— Gostaria que fosse tão simples assim. Eu tinha muitas façanhas para meu país.

— E a contar pelo jeito que o senhor fala, seriam sempre grandes intervenções de engenharia.

— É. O senhor usou o termo certo. Intervenção! É uma prática da engenharia o tempo todo. No espaço e na vida das pessoas. E os humores mudam muito facilmente.

— Por que diz isso?

— Apesar de todo entusiasmo, o ministro da Agricultura, que era o responsável pela avaliação e pelo estudo do projeto, não se mostrou muito interessado quando a documentação, enfim, chegou até ele. Eu compreendo que ele não tinha o suporte adequado para dar seu parecer ao meu projeto. Mas também sei que ele se deixou influenciar pelo ciúme da engenharia oficial acerca da minha intromissão naqueles assuntos.

— Bom, o senhor é um engenheiro. Tinha um projeto. O senhor não era parte dessa engenharia oficial? Como assim, intromissão?

Rebouças, sentindo-se quase recuperado, esboçou um sorriso irônico e pareceu pensar por alguns segundos se continuaria falando sobre aquele assunto ou se partiria, mas seguiu.

— É constrangedor ver um ministro assumir tal postura. Estávamos no início do ano, era março, se não estiver enganado, quando apresentamos o projeto.

— Muito bom! Esta conversa está ajudando. Acredito que em breve teremos nome, datas e locais. Mas siga, por favor!

— Então, no primeiro momento ele aceitou as ideias, mas sofria pressões que o colocavam contra aquilo que já havia assumido diante do imperador. O tempo foi passando, a seca piorando e ele precisava fazer alguma coisa além de ficar protelando.

— O que ele fez?

— No segundo semestre daquele ano, em julho ou agosto, ele nomeou uma comissão especial, que foi presidida pelo inspetor das águas, subordinado ao seu ministério, e completada, voluntariamente, pelo meu irmão Antônio e eu.

— Então o constrangimento ganhou novos integrantes, não?

A maneira como Fanon proferiu aquela pergunta fez com que Rebouças se sentisse obrigado a explicar aquela situação, pois o tom da frase fez parecer que ele tinha outras intenções ao aceitar envolver-se voluntariamente naquela situação.

— É. O senhor tem razão, e a coisa ficaria pior.

— Não tinha como ser diferente. Mas conte-me como.

— A comissão tinha como missão aproveitar no abastecimento público qualquer manancial, abrir poços nos lugares mais adequados ao público, distribuir água nos bairros centrais da cidade e entender-se com os proprietários de águas do centro da cidade para uma cessão provisória daquilo que não utilizassem. Pronto! Estava montado o teatro de operações. Um campo de batalha entre a necessidade de abastecimento público da cidade e o interesse de proprietários riquíssimos de terrenos pelos quais passavam os rios. A defesa da cidade estava representada nas figuras do presidente da comissão; ou seja, o inspetor das águas acompanhado de mim e do Antônio.

— Por isso eram considerados como intrometidos?

— Por isso, também! Trabalhamos duro. Ajudamos na solução de uma das mais difíceis crises hídricas da capital de nosso país. Oferecemos a solução mais célere e segura possível. Em meio a isso, afrontamos um dos homens mais ricos de nossa cidade que não aceitava os termos propostos pela comissão. Ele era um conde. Por enquanto ainda não me recordo o nome dele, apenas que seus terrenos ficavam na região da Tijuca. Ele apelou ao ministro da Agricultura, que acatou sua solicitação e nos mandou elaborar outra estratégia. Então, só nos restou falar com o chefe do Gabinete de Ministros, que sempre nos apoiou. A confusão estava armada, pois ele disse que executássemos a obra, ainda que fosse preciso empregar a força. Não foi necessário, mas como o senhor disse, o constrangimento foi inevitável.

— As coisas não podiam ficar melhores depois de um início tão ruim.

— E não ficaram mesmo. A partir daquela fala do chefe de Gabinete, o ministro da Agricultura foi anulado em suas decisões, o presidente da comissão abandonou a função e contemporizou com seu chefe. Afinal ele era um funcionário do ministério. Restamos apenas Antônio e eu, mantendo os planos originais do projeto.

Fanon olhava para Rebouças, tentando decifrar em que lugar situar aquela voluntariedade dos Rebouças. Defesa da cidade? Interesse na aprovação de seu projeto? Busca de reconhecimento? Todas essas possibilidades? Por que, apesar da postura tão dúbia daquele ministro diante de seu projeto de uma companhia de águas, os Rebouças continuaram a tomar aquele problema como uma questão pessoal atuando na comissão? Com tantas questões em mente, ele não perderia a chance.

— Se eram voluntários, por que permaneceram em uma comissão do Ministério da Agriculta em que o próprio inspetor das águas daquele ministério desvinculou-se? Havia alguma relação com seu projeto de companhia de água?

— O que pensa, Fanon? Que eu estava à venda? Que havia uma barganha? O senhor me ofende com essa questão.

— Não foi a minha intenção. Mas questões como essa são uma oportunidade não apenas para meu entendimento, mas também para que os pacientes possam sublimar os afetos que envolvem tais situações.

Em um tom sereno, mas firme, Rebouças respondeu:

— Sou muito grato por sua ajuda, mas não sou seu paciente e isso não é uma consulta.

— Não queria aborrecê-lo. Mas o senhor há de convir que são relações que se colocaram em campos de interesses opostos. E para piorar...

Antes que Fanon terminasse, Rebouças interrompeu sua fala:

— Então deixe-me terminar. Logo entenderá e poderei partir. Será o melhor a fazer.

— Não me deve satisfações. Tudo que diz nesta sala, fica aqui e serve a seu propósito. É como se fosse um diálogo consigo mesmo. Fique tranquilo — disse Fanon.

— A elaboração da técnica sempre é um grande desafio, ao mesmo tempo que nos expõe, devido aos seus riscos. Ousamos interferir no ambiente e na vida de diferentes pessoas. O êxito naquilo que fazemos deve trazer uma vida melhor para o maior número de pessoas. O reconhecimento pela atividade realizada é um desdobramento que nos permite seguir trabalhando e adquirindo a confiança para novas empreitadas. Mas comigo e com meu irmão isso nem sempre funcionava.

— Por que diz isso?

— Sempre nos dispusemos a trabalhar muito. Realizar projetos e conseguir concessões, era o nosso objetivo, sem dúvida. Foi para isso que estudamos e nos esforçamos tanto. Não só em nossa cidade, mas em outros lugares de nosso país. Dessa vez não foi diferente e sabíamos que se tratava de uma chance em um milhão. Tínhamos a confiança do chefe de Gabinete dos Ministros e não podíamos trai-lo.

— Honrosa sua postura — disse Fanon.

— Mas não se trata apenas disso! De honra ou generosidade.

— Siga, por favor.

— Aquela gestão passava por um momento delicado com a seca. E a cidade também precisava de nós, logo, se podíamos, iríamos ajudar. Mas o que mais provocou nossa indignação nisso tudo foi o fato de que, mesmo nos dispondo a contribuir na solução dos problemas, nossos trabalhos sempre acabaram sendo atacados por conta do prejuízo de cor. Isso ocorreu nos jornais e no parlamento. Um engenheiro está sempre exposto e um erro pode acontecer com qualquer um de nós. No entanto, no nosso caso, não tínhamos escolha. Se nos omitíssemos ou se errássemos, era por conta da cor. E o mais perverso, mesmo em nossos acertos, éramos caluniados.

SEGUNDA VISÃO:
O SONETO

Sem se dar conta, aquilo que Rebouças até então preferiu intitular como constrangimento e ciúmes de uma engenharia oficial, saiu pela sua boca em termos mais adequados. O confronto vivenciado entre seus pares tinha raízes mais profundas. Ao menos duas frentes de batalha caracterizavam a engenharia civil praticada no Brasil da segunda metade do século XIX. Por um lado, como ramo acadêmico, ela era desprovida de prestígio, os recém-formados na Escola Central e, posteriormente, na Escola Politécnica, até tinham diplomas, mas eram preteridos perante os práticos estrangeiros. Por outro, a formação oferecida no Brasil tornava os engenheiros técnicos burocratas que disputavam os grandes projetos idealizados pelo governo monárquico.

Sendo assim, durante as primeiras tentativas de regulamentação da atividade profissional do engenheiro no Brasil, procurou-se interditar o acesso dos estrangeiros por meio da exigência de diplomas, enquanto os brasileiros disputavam o gerenciamento de algum grande empreendimento. Nessas disputas internas, questões de ordem pessoal também norteavam as leis que definiriam o acesso ao exercício da profissão.

Rebouças sempre foi a favor da livre concorrência, com algumas outras vozes, embora a voluntariedade que ele acreditava poder exercer fosse desprovida de uma precondição: a igualdade. Os Rebouças não possuíam o poder econômico e político condizente com o ambiente que frequentavam. Para agravar essa situação, tinham seu capital intelectual, principal expressão de sua força e sua competência, sobredeterminado pelos olhares racistas de sua classe social. A voluntariedade dos Rebouças era antes de qualquer coisa uma tentativa de ser visto como igual, apostando na chance de mesclar o conhecimento administrativo adquirido no Brasil com a prática aprendida no exterior. Essas eram as suas ferramentas de transformação da realidade que viviam. Mas isso o racismo nunca permitiu. E assim, Fanon, com um ar de falsa surpresa, deixou seu interlocutor descontruir sua voluntariedade sem perceber. E nesses termos, seguiram adiante.

— Entendo!

— Sim. Em dois meses, colocamos cinco milhões de litros de água na cidade. Seguimos, meu irmão e eu, contra grandes ricos proprietários de terrenos desviando rios e fazendo poços. Já eles nos atacavam nos jornais e eu respondia de forma técnica explicando ponto por ponto.

— Mas e sua companhia de águas?

— Em outubro, quando a situação estava melhor, graças ao trabalho que fizemos, retomamos a questão da companhia, entretanto, examinando outros rios, isto é, mexendo no projeto original. Mas algo crucial aconteceu. A chefia do gabinete ministerial mudou e o novo gabinete montado nos via por meio daquilo que era publicado nos jornais. Então, a comissão especial foi dissolvida, embora ainda não tivéssemos terminado o trabalho. Para o Antônio, como uma espécie de compensação, restou apenas uma outra comissão, a comissão de estudo, embora seus vencimentos tenham sido cortados pela metade.

— Com a mudança de gabinete, então, os senhores desistiram?

— Não. De toda maneira, a permanência de Antônio na comissão de estudo permitiu que continuássemos em contato com o pessoal do governo. Então, aproveitei meu tempo livre e em novembro apresentei um projeto final de concessão já assinado pelos diretores responsáveis. Mas, em dezembro, o imperador me informou que já existia uma outra proposta assinada, utilizando o mesmo rio que usei em meu projeto reformulado. Proposta essa que foi custeada por um grande barão empreendedor da cidade. Ele era originalmente do Sul, mas tinha muitos negócios na capital do país. No entanto, tal proposta só foi apresentada em definitivo anos mais tarde. Ao fim de tudo, nenhum de nós conseguiu a concessão. O banco dos Rothschild...

Fanon interrompeu mais uma vez:

— Bem, é o nome do banco, mas também é o da família. Sigamos! A conversa está sendo produtiva.

— Verdade. Esse banco, que tem filiais na França e na Inglaterra, investiu em outro proponente. Fato que atendia ao interesse do imperador, que precisava reservar capitais para a agricultura.

— Assim deu-se por encerrada essa questão?

— Quase isso. Depois da dissolução da comissão especial, injúrias continuaram a ser feitas ao meu respeito. Elas eram muitas nos jornais. Não posso negar que era um momento muito intenso de minha vida de engenheiro de obras hidráulica e empresário. E quando me refiro às calúnias e aos ataques feitos nas publicações a pedido, não me refiro apenas a esse caso da seca.

— O soneto que declamou se insere no mesmo contexto?

— Sim. São do mesmo período. Eu era gerente das duas únicas companhias de docas do país e ainda resolvi me intrometer na questão do abastecimento de água. E que vencesse o melhor! E como se não bastasse, eu ainda realizava minhas investidas em ações antiescravagista. Entende agora a questão da intromissão? Eles já não me toleravam nas docas e eu querendo mais! Sem falar que eles, normalmente, não aceitavam as medidas antiescravagistas.

— Essa era a intromissão?

— Sim. E no ano seguinte à seca, meses depois, disseram que o trabalho da comissão especial era uma ilusão. Me acusaram de incompetência. E dessa vez não me contentei em respondê-los por meio das páginas de qualquer jornal. Realizei uma prova pública na presença de vários engenheiros e do representante do ministro da Agricultura. Ainda assim, naquele dia, publicaram mais versos desonrosos sobre meus projetos, tanto a respeito das docas quanto do abastecimento de água.

— Então o senhor seguiu apenas com as docas?

— Praticamente. Embora quase dez anos após aquela seca, o proponente vencedor da concessão de abastecimento tenha me cogitado para o cargo de engenheiro-chefe de suas obras. Inclusive, saindo uma nota nos jornais. Mas a mesma máquina da engenharia oficial colocou suas engrenagens para funcionar novamente. Nos mesmos moldes de sempre. E então frustrou-se minha chance de trabalhar e de contribuir.

— Era um momento intenso de suas atividades hidráulicas. E os jornais eram como uma artilharia pesada. Os ataques vinham de todo lado. O soneto que declamou é um exemplo disso, imagino!

— Sim, certamente. Mas já não me recordo qual deles declamei.

Parecia na verdade que Rebouças não queria voltar àquele assunto. Ele detestava aqueles versos debochados e desrespeitos e desejava partir para seu destino. Mas Fanon rapidamente folheou suas anotações.

— Bom, eu tenho anotado aqui.

— Não sei no que esses insultos podem me ajudar. Como disse, preciso partir.

— O senhor apenas enxerga os insultos. Como psiquiatra, posso dizer que há reconhecimento e medo de seus oponentes.

— Reconhecimento? Medo? Estamos falando do mesmo soneto?

— Sim. Com vossa licença, ouça ao menos este trecho: *"Eis do Moysés o gênio, eis a cabeça... Formoso tipo que sorrindo passa. Note bem o leitor, faço justiça; Canta bem e seduz como uma moça"*.

— Sim. E o que há de reconhecimento e medo nisso?

— Bem, posso dizer, no mínimo, que seu adversário reconhece sua eloquência, sua elegância e sua capacidade de articular-se no círculo que ao que tudo indica ambos frequentavam, pois indubitavelmente esse escrito, embora anônimo, é de alguém próximo. Como o senhor disse que realizava ações antiescravistas, mesmo sendo um empresário, imagino que seu desafeto pudesse o ver como um líder em busca de libertar seu povo cativo. Por outro lado, considerando que sua especialização é em obras hidráulicas, em se tratando de Moisés, além de libertar um povo, ele também realizou uma grande façanha com as águas do Mar Vermelho, não? E no trecho que o senhor vê um ataque a sua masculinidade, eu vejo um recalque, pois, além de dizer que o senhor é formoso quando passa, o referido autor também o vê como uma moça sedutora.

— Recalque?

— Sim. Ele pode, muito bem, estar sublimando um desejo reprimido nesses versos.

— Não tinha pensado por esse ângulo.

— Pois é. O senhor já disse que não é médico e vê-se que menos ainda um psicanalista — disse Fanon, com um sorriso no rosto.

Ambos deram uma boa gargalhada. Foi o momento mais descontraído ou menos tenso desde que se encontraram naquele lugar.

— Existe um conceito que define isso — disse Fanon. — Chama-se *Ersatz*, numa tradução literal seria "substituição". O texto do soneto nos permite identificar essa substituição do desejo reprimido. Se tivesse declamado mais, poderíamos dar outras boas gargalhadas das fobias desses imbecis. Mas há outras maneiras de fazer isso. Enfim, essa prisão não é apenas nossa.

— É muito bom poder rir de uma situação que, por um longo tempo, me entristeceu demais. Mas confesso que não entendi essa história de que "essa prisão não é apenas nossa".

— Certamente, a sua tristeza deve-se a esse tratamento que procura ofendê-lo o tempo todo, mesmo que o senhor mostre um excelente domínio da engenharia, de seu idioma, de outros idiomas e de outras manifestações dessa cultura.

— Essa pode ser minha prisão. Mas qual seria a deles?

— Eles são escravos dos mitos da sociedade criada por eles, como: o progresso, o liberalismo, a educação, o iluminismo, o refinamento. Fazem de nós o bode expiatório do pecado e da culpa que carregam em não consolidar esse modelo de sociedade ou de fazê-la um paraíso para eleitos. Por isso, nos temem o tempo todo. Nós não estamos entre os eleitos. Esse tipo de sociedade é baseado na rejeição das pulsões que eles sentem, mas que veem representadas em nós. Isso só mudará quando ambos sairmos desse ciclo interminável.

— Progresso, liberalismo, educação, tudo isso é apenas mito?

— Sim. E nós nunca fizemos parte, em condição de igualdade, dessa mitologia. Progresso para quem? Que liberdade e para quem? Educação para quem e para quê? Ilusões que só servem a eles, que nos negam todos os dias, das mais diferentes formas e nas quais ainda servimos de bode expiatório. Insisto!

— É impactante ouvir isso. Mas parto agora para embarcar em uma viagem apostando em muitos desses valores. Se o senhor estiver certo, o tempo poderá me dizer. Venho a vida toda lutando em defesa disso, mas confesso que, antes de embarcar para essa viagem, que também é um autoexílio, e deixar o meu país, minha sensação era de total desalento. Era justamente essa a percepção que eu tinha dos fatos que levaram a proclamação da república em meu país — disse Rebouças em um tom triste e decepcionado.

O CONVIDADO

Um silêncio tomou conta da sala até que o sinal de uma discreta campainha soou avisando que havia alguém na antessala do consultório. Fanon acionou um painel no braço de sua cadeira, desligando a campainha, levantou-se rapidamente, foi até a porta e falou em um tom de forma que só a outra pessoa na antessala ouvisse:

— Um instante. Já nos falamos.

Ao retornar à sua cadeira, percebeu que Rebouças ainda estava muito reflexivo e que continuava triste e silencioso. Ele nem havia percebido que Fanon tinha se retirado por alguns instantes. Aquelas últimas palavras tinham acendido algo em sua memória.

— Caro Rebouças. Lembrou-se de algo? Está tudo bem?

Rebouças, com um olhar distante, de olhos arregalados, virou-se para Fanon, acenou com a cabeça positivamente bem devagar, mas permaneceu em silêncio.

— Posso lembrar-lhe de uma coisa que acabou de me dizer?

— Sobre o soneto?

— Não! Quero apenas lembrar-lhe que não é meu paciente e que isso não é uma consulta.

— É. Eu disse isso. Não quis ser grosseiro. Desculpe-me se assim lhe pareceu. Eu estava muito nervoso. O senhor tem sido muito generoso.

— Não é essa a questão. É que posso ajudá-lo a entender em que lugar está e por que veio parar aqui. Mas preciso que mais uma pessoa participe de nossa conversa. O senhor concorda?

— Sinceramente, não acho que seja uma boa ideia. Preciso partir. E quando sair por aquela porta, tudo ficará melhor. Eu me sinto bem agora. Minha viagem servirá justamente para resolver esse desalento e esse ceticismo que tanto me angustia. É isso que vem afetando minha memória. É muito difícil conviver com esses sentimentos. Na África, ajudarei meus ancestrais africanos e portugueses. A vida terá um novo vigor.

— Não acha melhor sair daqui totalmente recuperado e com todas as suas memórias recobradas? E se algo lhe acontecer antes de chegar ao seu navio?

— Bom, desde que não demore. Não posso lhe negar isso. O senhor foi muito prestativo desde que cheguei aqui.

Fanon se levantou e dirigiu-se até a porta. Ao abri-la, disse:

— Venerável, entre por favor!!

Eis que atravessou a porta Luís Gonzaga Pinto da Gama. Exuberante e com sua voz imponente, rompeu o silêncio da sala.

— Deixe essas formalidades fúteis. Como vai, Fanon? Vejo que temos novas aquisições para o chá das cinco.

Rebouças, ainda sentado, girou a cabeça de forma muita rápida em direção à porta e, em seguida, levantou-se. Fanon e Luís Gama deram um forte e longo abraço, com direito a tapas nas costas. O sorriso estava presente no rosto de ambos. Olharam-se como se guardassem um segredo. Quando olharam para Rebouças, perceberam que ele estava abismado e com olhos arregalados.

— Como isso é possível? O senhor morreu! Seu enterro ficou marcado como um dos maiores acontecimentos da cidade de São Paulo. Estavam presentes até seus desafetos. Seu féretro saiu de sua casa, atravessou a cidade, o coche funerário foi dispensado, pois a multidão queria carregá-lo. Diziam: "o amigo de todos tem que ser carregado por todos". Seu corpo só chegou ao cemitério à noite. Era tudo uma farsa? Senhor Fanon, que galhofa é essa?

— Senhor Fanon? — disse Luís Gama.

Em seguida, soltou uma gargalhada debochada, enquanto Fanon o olhava sem pronunciar uma palavra. No entanto, o psiquiatra já sentia um certo gozo, pois aquela conversa perderia o formato individualista e assumiria um viés compartilhado. Gama continuou:

— Vamos parar com essas asneiras. Fanon, você fica alimentando isso, não é? André, Fanon e Luís, já está de bom tamanho.

— Calma! Calma, Gama! Ele acabou de chegar.

— Então, vamos lá, tenente engenheiro André Pinto Rebouças. O cabo Luís Gama vai responder à questão. Acha que eu conseguia resistir aos deliciosos doces que minha amada esposa fazia? Diabetes! Diabetes, meu nobre oficial! Foi ela que me trouxe até aqui. Fanon! Já contou o seu caso para ele?

Ao ouvir essas palavras, Rebouças se sentou novamente no divã.

— Não. Ainda não deu tempo. Mas preciso dizer que no meu caso foi uma leucemia.

— O que estão querendo dizer? Um momento — disse Rebouças.

Em um tom baixo, angustiado, e falando lentamente, André retomou instantânea e integralmente sua memória. Lembrou que já havia realizado sua viagem pela África, de sua chegada à Ilha da Madeira, do Funchal, do Hotel Belmond Reid's e do fatídico penhasco.

— Eu enfim desisti de todos os mitos — disse Rebouças, ao compreender que também estava morto e com ele seus sonhos de liberdade, progresso, educação, igualdade e justiça.

Ele se deitou no divã, permaneceu estático, olhando para o teto, mais precisamente para aquela luz amarela.

— Nossa! Sempre dramático o André. Certamente, por isso, o Antônio, seu irmão, mesmo sendo mais novo, veio primeiro. Quem aguenta isso?

André pareceu não escutar o que Gama tinha dito, pois estava estático sobre o divã.

— Gama! Esqueceu que o primeiro dia é o mais difícil? Tenha paciência — Fanon disse em tom firme, embora soubesse que Gama estava se divertindo com a situação.

— Está bem — respondeu Gama de maneira quase ríspida.

Passados alguns minutos sob a observação de Fanon e Gama, Rebouças se sentou no divã, mas ainda permaneceu silencioso. Parecia um tanto envergonhado. Fanon convidou Luís Gama para sentar-se e ele puxou a cadeira que estava junto à grande mesa de estudos. Estavam, então, sentados em um pequeno círculo: André Rebouças, Frantz Fanon e Luís Gama. Sem ser questionado, André se pronunciou espontaneamente.

— Então não acabou! Tenho agora que carregar esse fardo e ficar aqui sendo atravessado pelos seus olhares por causa do que aconteceu?

— Por que ele acha que é o centro das atenções? Já não basta esse sapato ofuscando a minha vista.

— Gama, por favor! André, não estamos aqui para julgá-lo. Nosso objetivo foi recepcioná-lo e preservar sua memória nessa chegada, que é sempre conturbada. Outros fizeram isso por nós. E agora foi nossa vez de acolhê-lo.

— E que lugar é este? Um tribunal?

— Como já disse, não se trata de um julgamento. Muito pelo contrário. Quando chegou, lembra-se de que me disse que, em uma de suas visões, você estava em um navio em direção aos Estados Unidos?

— Sim, Lembro.

— Lembra-se de que nesse momento você disse que não se recordava de nenhum lugar em que viveu e que, embora tivesse a sensação de ter vivido em vários lugares, não se sentia pertencente a qualquer lugar?

— Lembro disso também.

— Essa sensação não estava unicamente relacionada à sua perda de memória.

— Não?

— Nossa percepção da realidade é intermediada por um universo simbólico que vai forjando nossa identidade pessoal e coletiva. Assim criamos as religiões, as filosofias, as ciências e as manifestações artísticas, entre outras questões que vão nos dando essa sensação de ter um lar. A imposição de uma sobre as outras ou mesmo a interdição de uma por outra pode nos tirar essa sensação de liberdade e de pertencimento a qualquer lugar. Não queremos saber o que aconteceu no Funchal. Queremos que nos dê a oportunidade de dividir conosco o que o conduziu a essa circunstância. Compreende?

— Desculpe-me, mas não sei do que está falando.

— Se minha hipótese estiver correta, a sociogênese, ou melhor, a sua vivência em um meio social que não tornou viável a expressão simbólica de seus anseios e desejos pode ter provocado em você essa sensação de não pertencer a qualquer lugar.

— Em outras palavras, o ambiente escravagista que sabemos que frequentou e combateu, por tanto tempo, não lhe permitiu ter um lar. Apenas sobrou enfrentamento — disse Luís Gama.

— E veja bem — disse Fanon —, não estou dizendo que se trata de um suicídio nem queremos que nos diga. Isso não me importa, pois o que me interessa, para além de sua existência biológica, é o seu pertencimento universal a um valor primordial, que nos torna iguais. E é por meio desse reconhecimento recíproco que podemos nos tornar livres. Lembra de quando eu disse que essa prisão não era só nossa?

— Sim.

— Então, sem essa reciprocidade, enquanto nós somos tomados como objeto e violados de diversas formas; eles se inserem em seus posicionamentos racistas e colonialistas, acreditando que suas posturas são um referencial para o mundo. E isso assume um ciclo interminável. Seja no seu caso, em meio à corte, com barões, marqueses e duques; seja entre as pessoas mais comuns do cotidiano. Mas quando há reciprocidade, há também a oposição do outro com sua presença corporal, com seu desejo, sua atividade negadora dificultando o controle alheio. E isso chega a ser ameaçador, gerando...

— A fobia dos imbecis — interrompeu André.

— Sim. Mas é pelo risco de vida que construímos a liberdade. Ela é um valor que forjamos ao longo do tempo. Entretanto, é preciso que todos possam participar dessa construção — disse Luís.

— Se entendi bem sua ideia, Fanon, à medida que todos representamos um risco a existência do outro, constituímos a liberdade como um valor primordial à nossa convivência, entre outros obviamente.

— É evidente, pois em nossa luta pelo nascimento de um mundo humano, é fundamental o reconhecimento recíproco. E aquele que se recusa a me reconhecer, se opõe a mim em uma luta feroz. Nesse embate, eu posso *aceitar a morte, a dissolução irreversível, a possibilidade da impossibilidade.*

— A morte? Mas como isso vai me conferir reciprocidade?

— Quero que me entenda. Estou me referindo àqueles que aceitam a morte como recurso e não como um desejo. E mesmo essa aceitação é motivada por um sofrimento que não surge sem causa. Há algo mais universal e humano que o sofrimento e a capacidade de sentir dor?

— Penso que se afetar pela dor alheia estaria no mesmo nível. Entretanto, pode ser mais específico? Ainda não vejo reciprocidade nesse caso.

— Sim. Você já entendeu, mas ainda não percebeu, pois esse é o ciclo perfeito que desencadeia a reciprocidade. Sentir dor e ser capaz de se afetar pela dor alheia. Empatia. Somente dessa forma podemos romper o ciclo atual e iniciar um novo.

Rebouças olhava atento para Fanon. Ele resolveu estender sua explicação:

— Vou dar um exemplo pautado no atual assunto: a morte. Durkheim, um importante sociólogo, ciência que era comummente chamada de socionomia por alguns intelectuais na sua época...

— Eu usava esse termo — interrompeu André.

— Sim. Para ele, os judeus não se suicidavam. E depois disseram o mesmo sobre os pretos. Richard Wright, procurando dar visibilidade a essa questão, fez um branco dizer em uma de suas novelas que "só um preto pode tolerar tal tratamento sem sentir o clamor do suicídio". Em resposta a essa ideia absurda, os estudos de Gabriel Deshaies mostraram o contrário disso e ainda evidenciaram que, entre as mulheres pretas, o número dobrava. Entende agora o que quero dizer?

— Sim. Todos podemos sofrer igualmente. Não queremos morrer, mas a agonia que nos é infligida pode resultar na morte. Não é justo negar o sofrimento alheio e pensar apenas em si próprio — disse Rebouças.

— E isso não é um privilégio do Durkheim — disse Gama.

— Não! Óbvio que não. Na verdade, negar é uma maneira muito comum de escapar da responsabilidade do mal que se causa. Os mais cínicos, a fim de manter-se em seus privilégios e de não reconhecer nossa condição de igualdade, vão infantilizar nossa vivência e ironizar nossas experiências — disse Fanon.

— Seja leucemia, diabetes ou suicídio, isso não importa para nós agora, pois eu teria que me culpar pelos muitos doces que comi. Afinal, eles foram devorados em momentos de muita ansiedade e angústia provocados pela luta cotidiana contra aqueles malditos escravocratas — disse Luís Gama.

— É por isso que digo que o que me interessa é saber sobre seu sofrimento — com uma voz muito calma e serena, pronunciou-se Fanon.

— Não saberia por onde começar nem o que teria sido mais determinante para esse sofrimento.

— Que tal continuarmos de onde paramos? A viagem aos Estados Unidos parece ter sido bem desconfortável! Não precisa ter pressa. Agora temos todo o tempo que precisamos.

— Mas não acho que o Luís Gama vai querer ficar aqui ouvindo minhas memórias.

— Sempre tão polido, André. Tudo até aqui foi uma maneira que encontramos para recepcioná-lo. Precisávamos fazer este lugar parecer o mais próximo de uma experiência terrena. A chegada é sempre muito confusa e temos que preparar o ambiente de maneira que o recém-chegado se sinta o mais acolhido possível.

— Obrigado!

— Não podíamos deixar que você ficasse do jeito que chegou aqui. Quando chegar a hora certa, se tiver coragem, entenderá como se dá a passagem, em que ordem chegamos aqui, se este lugar é definitivo, se você passou por outro lugar antes ou por que o Fanon já estava aqui e você não. Já que você morreu primeiro — disse Gama.

— Há muito o que aprender.

— Sim, André. Mas tenha calma! Ao menos você já se deu conta que não está na Martinica nem em Marselha. Contudo, já se perguntou como o Fanon passou a falar português?

Gama soltou uma estrondosa gargalhada que contagiou a todos na sala, depois retornou a falar:

— Bem, de toda forma, já sabíamos de sua chegada e o Fanon pediu que viesse encontrá-lo.

40

ESTEREÓTIPOS E ESTIGMAS

— Posso explicar o motivo desta reunião. O objetivo é prepará-lo para uma nova etapa e para isso quero dividir alguns conhecimentos aqui com vocês. Em meus estudos críticos de psicanálise, entendi que é necessário um novo viés dessa ciência para compreender negros e negras em sua vida adulta. Para tal, é preciso reconhecê-los como homens e mulheres de ação e não de reação a um modelo de sociedade branca — disse Fanon.

— Não me importo em reagir a essa sociedade de senhores escravocratas desde que eu possa revidar com a mesma força — disse Gama, sua gargalhada invadiu o ambiente mais uma vez.

— É verdade. Uma de suas frases ditas no tribunal se tornou muito conhecida. Parece que posso escutá-la agora. "O escravo que mata o senhor, seja em que circunstância for, mata sempre em legítima defesa" — reproduziu André o famoso dito.

— Que confusão! Que dia maravilhoso! A sessão foi suspensa por causa da reação dos presentes. Faria tudo de novo!

E os três deram boas risadas.

— Nós não desejemos, mas essa violência é justificada aos condenados da terra mesmo no além-mar. Sem falar que a vivência é sempre melhor que qualquer psicanálise. Mas, se não se importarem, seguirei com minha divagação.

— Siga!

— Adiante, homem — falou, energicamente, Luís.

— Freud, Lacan, Adler e Jung, fundadores dessa ciência, buscavam reencontrar nas novas estruturas psíquicas da fase adulta analogias com certos elementos conflituosos surgidos na infância, no seio da vivência familiar. Até aqui, não temos problemas, pois o meio social é, normalmente, uma projeção das características familiares em diferentes sociedades.

— Traduzindo em miúdos, os erros e os acertos de nossa infância influenciam a capacidade de adaptação ao meio social na fase adulta? É isso? — questionou Rebouças.

— Quase isso. Como deixei registrado em um de meus estudos, por meio da fala de Nietzsche: "A infelicidade do homem é ter sido criança". Mas não há um inconsciente coletivo, como pretendia Jung, de forma inata, justificando o comportamento humano baseado na filogenética desses grupos.

— Nossa, complicado! — disse André.

— Divagando mesmo, Fanon. Começou seu devaneio — falou Gama, coçando intensamente a barba.

— Desculpem! O que tentei dizer é que existem aqueles que determinam *a priori* que existe uma instância nas profundezas do inconsciente de determinados grupos humanos, inferiorizando mulheres negras e homens negros por causa da escravidão que vivenciaram, ou acreditam que há uma instância representativa do senhor que os vigia como a uma cidade conquistada.

Fanon procurava descrever o determinismo presente na teoria psicanalítica que se forjava como um novo grilhão para homens e mulheres, uma vez extinta a escravidão. Então, eloquentemente, seguiu sua explanação:

— Em contrapartida, também negam a existência do espírito africano anterior a essas experiências. Sendo assim, não faço minha aposta nesse inconsciente. Nem para determinar uma submissão nem para preservar uma determinada essência africana.

— Imagino que voltaremos a falar de Nini, Mayotte Capécia e Jean Veneuse, correto? — disse Luís.

— Sim, principalmente, de Capécia e Veneuse.

— Do que estão falando? — perguntou Rebouças.

— Gama e eu estávamos, há algum tempo, conversando sobre alguns personagens autobiográfico de autores negros que são, no meu entender, utilizados para reforçar ou mesmo ratificar os estereótipos subalternos e reativos de todos os pretos. É como se restasse para nós apenas o embranquecimento ou o lugar de inferioridade que construíram para nós.

— E como são produções de autores negros, praticamente, é como se avalizassem tal perspectiva — disse Gama.

— Por isso, procurei pinçar esses personagens a fim de conflitá-los com os estudos clínicos que realizei no período de minha formação. Hoje, posso também analisá-los tomando como referência minha vivência como psiquiatra na Argélia.

— A partir dessa análise, como explica esses personagens ou mesmo seus autores? Esse posicionamento defensivo diante do branco ou mesmo a eterna complacência de alguns, por exemplo? — perguntou Luís Gama, parecendo querer dizer algo ao André.

— Essa é a questão, Luís. Eu trabalho com algumas hipóteses que me fizeram reuni-los aqui. Penso que tenho a chance de ouvir de cada um de vocês, a partir de suas experiências, como percebem esses posicionamentos.

— Mas eu nem sei quem são esses personagens. Logo, como poderia contribuir?

— Bom, André, nós apenas arranhamos essa superfície em nossos encontros. E com relação a esses dois personagens que o Fanon quer que analisemos com ele, eu também não os conheço totalmente, pois quando o Frantz soube que você ia chegar, ele resolveu esperar para continuarmos essa conversa. Ele havia tratado de Mayotte Capécia e sua subalternidade a um marido branco, também disse algumas coisas sobre Jean Veneuse. Mas foram pouquíssimas, pois foi justamente neste ponto que resolveu parar.

— Tudo bem. Perfeito! Tenho apenas uma pergunta. Não querendo mudar de assunto, mas, como soube que eu chegaria?

— Prefiro que falemos disso em outra ocasião, se não se importar — disse Fanon.

— Tudo bem. Como você mesmo disse, temos todo o tempo do mundo. E se você quis tanto nos reunir, deve ter seus motivos. Siga, por favor.

Fanon, então, retomou sua linha de raciocínio.

— Para começar, no que se refere à subalternidade de Capécia, para compreendê-la, a meu ver, temos que renunciar à ideia de *inconsciente coletivo* de Jung em favor da noção de *catharsis coletiva*. Se adotarmos a perspectiva de Jung, seremos obrigados a compreender que homens negros e mulheres negras possuem uma precondição aos estereótipos de inferioridade e subalternidade.

— E o que você propõe? — perguntou Rebouças.

— Em contrapartida, proponho a noção de *catharsis coletivas* como um canal existente em toda a sociedade, ou seja, uma porta de saída, por meio do qual as energias acumuladas sob forma de agressividade podem e precisam ser liberadas.

— Então, se essa tal *catharsis* deve existir em qualquer sociedade, mantenho-me embasado na legítima defesa para ter a justificativa de matar um escravocrata sem dó nenhuma!

— Tentarei ser mais preciso, Luís. Como disse, essa *catharsis* é coletiva e serve de canal para a agressividade nesse modelo de sociedade. Mas como é uma *catharsis*, seu propósito é converter essa agressividade em outra coisa.

— Que tal um exemplo? — pediu Rebouças.

— Essa porta de saída no mundo ocidental judaico-cristão está, por exemplo, em periódicos ilustrados, que também são chamados de HQ, comics, gibi ou quadrinhos, e que são devorados por jovens nativos nas Antilhas. E o mal lá representado é um preto ou um indígena. Pode parecer bobagem, mas lembrem-se de que as estruturas psíquicas do adulto são afetadas pelas experiências e vivências das estruturas psíquicas da infância. Esse é o fundamento da psicanálise — disse Fanon.

— Por isso sua preocupação com o desconhecimento do padrão de normalidade de homens negros e mulheres negras por parte da psicanálise. A projeção em suas estruturas psíquicas adultas daquilo que vivenciaram na infância torna inviável uma saudável adaptação à sociedade que nasceu do encontro entre negros e brancos, pois os negros aprendem desde cedo que são a representação do mal. E...

— Isso! Desculpe André. Você ia dizer algo mais!

— Sendo assim, o interesse em descobrir qual seria a ação proposta por mulheres e homens negros sem que passem por essa experiência é plenamente justificada. Mas é possível que ninguém saiba, sob o viés da psicanálise, do que se trata essa tal normalidade, pois foram muitos séculos de escravidão e colonialismo. E ao contrário, as reações tendem a um infinito de possibilidades.

— Sim, André. E esse exemplo dos quadrinhos ou gibis é apenas uma singela tipificação, porque sabemos que essa fixação na violência e na morte é o substituto de uma sexualidade censurada e de uma dicotomia entre razão e pulsão próprios desse modelo de civilização. Surgirá nos quadrinhos e em muitas outras coisas, pois é intrínseco a esse projeto. E se não nos livramos desses recalques, qualquer ataque a procedimentos de evasão, como os periódicos, nada resolverá.

— Tudo isso no dia a dia é bem mais complicado. Confesso que vivi em função da libertação de meus irmãos e que isso certamente me definiu como homem negro. Agora não me peçam para dizer se eram ações ou reações, sinceramente!

— Sim, Luís. Como disse ao André, insisto, e lhe digo. Não é um julgamento. Essa é a estrada que venho trilhando em meus estudos. Esse *ser de ação* será uma tarefa nada fácil de gerações depois das nossas. E eles terão muitas armadilhas pelo caminho. Mas o que deve ficar evidente é que a personagem de Mayotte Capécia não deve ser entendida com uma lei geral que explica um comportamento subalterno próprio de toda mulher negra baseado em um *inconsciente coletivo*. Capécia, na verdade, foi desde sua infância impregnada de uma agressividade contra tudo que representava ser uma mulher preta. E, assim, acredito ser melhor entender sua reação.

— Mas se isso é parte desse projeto civilizatório, nunca haverá um lugar para nós — disse Rebouças.

— Bem, André, na verdade, há alguns lugares que nos aguardam e que estão a nossa espreita constantemente! Enfim, existe todo tipo de libré para ser vestida pelos nossos irmãos. Submissão, agressividade, embranquecimento, entre outros. Nesses papéis somos sempre bem-vindos. Esta é uma longa conversa.

Fanon também se preocupava com questões a respeito da psicopatia, como o fato de o preto ser um objeto fobógeno e ansiógeno; mas não desejava tratar dessa perspectiva teórica naquela ocasião. Estava voltado a dois quadros reativos, mais especificamente falando, àqueles que, segundo seu entendimento, adequavam-se às experiências vividas por seus interlocutores.

— E o que está esperando? — perguntou Gama.

— Sim. Sigamos, então! Mas o que quer dizer com "todo tipo de libré"? — perguntou Rebouças.

— É uma referência, uma espécie de metáfora. Pois libré é o nome dado ao uniforme provido de galões e botões distintivos usados por criados nas casas senhoriais. Assim, por vezes, se expressa ou se reprime nossa agressividade, como um criado que se encanta com a alegoria que veste.

— Liberalismo para alguns e libréralismo para outros. Entendi. Obrigado — agradeceu Rebouças.

46

O DOMÍNIO DO CÓDIGO

— André? Você gostaria de falar um pouco mais sobre sua viagem ao Estados Unidos? — perguntou Fanon.

— Mas falar mais o quê?

— Pode dizer se gostou da viagem.

— Foi uma viagem exitosa. Lembro-me que estava de posse da documentação comprobatória do novo uso de pontes perpendiculares feitas em madeira, as quais tanto desejava construir nas docas da companhia por mim gerenciada. Esses papéis avalizavam que elas também eram utilizadas nos portos de Nova Jersey e Nova Iorque. Fato que eu também já havia visto nas docas de Londres. Outra coisa que me chamou a atenção é que lá não vi meninos de doze anos fazendo exercícios com espingardas de agulha, como na Europa.

— Bom, mas parece que está evitando falar sobre os casos de racismo que vivenciou, ou é impressão minha?

— Prefiro não ficar voltando a esse assunto. Mas se insiste. A verdade é que fui visitar uma república que havia abolido a escravidão e, por isso, tinha expectativas totalmente diferentes em minha primeira visita ao país. Contudo, se é necessário, eu digo. Foi decepcionante e ao mesmo tempo reconfortante.

— Reconfortante?! — disseram, ao mesmo tempo, Fanon e Gama, com um tom de espanto.

— Sim. Naquele instante, tive a certeza de que a liberdade não era prisioneira de um sistema de governo. Obviamente o sistema é importante, mesmo porque, em alguns deles, a liberdade se torna inviável. Mas ela é antes de qualquer coisa a escolha de uma sociedade.

— Ah, bem — disse Gama.

— É melhor que prossiga em seu raciocínio — disse Fanon.

— Ao meu ver, trata-se desse valor primordial que Fanon acabou de falar e que deve ser forjado contando com a participação de todos. Não sou um monarquista, se é o que pensam. Àquela altura nem o imperador era mais. O que havia em minha expectativa era o anseio de ver uma sociedade, que diferente da europeia, podia se constituir desvinculada do legado da vassalagem, da servidão e das guerras. Mas a escravidão já havia corrompido qualquer chance de um novo começo.

— Certamente, por isso, teve a visão da estátua da liberdade acorrentada pelos pés, mesmo que ela ainda não estivesse lá quando da sua visita — disse Fanon.

— Por um instante, achei que você ia extrapolar meu limite de tolerância com a estratégia política dos Rebouças — disse Gama.

— Sei que a postura mais conservadora de meu pai não deve lhe agradar, mas somos pessoas diferentes.

— É, pois ele achava que podia expiar todos os males que não provocamos. Essa solução pacífica não faz meu feitio — disse Gama.

— Eu sei. Mas penso que não é meu pai que está em questão aqui.

— É verdade. E nem você. Deixe o André falar.

— Pois então, quando voltei dessa viagem, muitas coisas mudaram em mim. Eu já tinha um projeto portuário antiescravista, contudo, a resistência era muito grande. Mas também é certo dizer que essa reforma portuária não foi fácil em nenhuma localidade em que ela ocorreu: Liverpool, Londres, Marselha entre outras.

Todos esses portos foram visitados por Rebouças durante sua formação de engenheiro civil no início dos anos de 1860 e ele voltaria a eles dez anos mais tarde para novos estudos. Seu fluxo era fácil entre os construtores e as companhias, sempre bem referenciado, por meio de cartas, ele circulava muito facilmente nesses ambientes. Isso tornava ainda mais surpreendente seu insistente silêncio sobre as situações vividas nos Estados Unidos. Mas, enfim, ele seguiu falando:

— A nova atividade tinha um forte perfil concentrador, opondo grupos capitalistas, que não estavam dispostos a ter qualquer perda em seus ganhos. Mas eu acreditava que poderia tornar aquele negócio vantajoso para todos. Porém, eles não cogitavam distribuir os ganhos daquela nova tecnologia. Muito pelo contrário, recrudesciam em suas posturas conservadoras e escravagistas.

— Por isso não tenho tolerância com essa gente.

— Por outro lado, Luís, é preciso ver que o André estava tentando fazer uma estrutura de exploração colonialista funcionar em favor de todos.

— Ele é um crédulo! — disse Gama.

— Todos somos. Penso que lutávamos com as armas que tínhamos em campos diversos.

— Obrigado, Fanon! É obvio que estamos no mesmo campo de batalha. Enfim, ter o direito como ferramenta de forma tão exímia também é lutar com as armas do inimigo, com as regras dele e ainda assim acreditar que é possível ganhar.

— O direto não era minha única ferramenta. A poesia era meu alimento e não me prejudicava como a diabetes — disse Luís, com um sorriso no rosto.

— Compreendo os dois. Somos exemplos clássicos de negros que dominaram a linguagem. Seja no direto, na engenharia, e mesmo eu, como psiquiatra, fazendo estudos de psicanálise. No meu caso, procuro adequá-la à nossa vivência, pois entendo que os estudos clássicos não nos contemplam. Luís também não escapa muito disso. Mas hoje queremos ouvir você, André.

Rebouças se sentiu lisonjeado, mas ao mesmo tempo pressionado, pois havia muitas coisas a contar sobre sua vida de engenheiro, empresário e abolicionista e ele se sentia desconfortável de falar sobre essas coisas. Enquanto ele vacilava, Fanon continuou:

— E não estou falando apenas de nossa formação acadêmica. Quantos outros aspectos dessa cultura controlamos muito bem? Mas a luta pelo reconhecimento do outro continua.

— Não preciso do reconhecimento deles — disse Gama, de forma ríspida.

— Subjetivamente você pode pensar que não. Mas há de convir que, como seres humanos, esse reconhecimento é fundamental para uma convivência no mínimo — Fanon deu um respiro profundo e, soltando o ar, continuou: — harmônica!

— Penso que era isso que eu fazia. Mas há por parte desses — André, numa fração de segundo, encarou Fanon e continuou: — fóbicos imbecis uma apropriação das boas ideias de forma que tais ganhos acabam se restringindo a um grupo muito pequeno e selecionado por eles.

Fanon consentiu com a cabeça, fazendo um movimento curto, e estendeu a mão para que Rebouças prosseguisse.

— A partir do que ouvi hoje aqui, entendi que essa fobia é um importante elemento para compreender o motivo de se retroalimentarem das riquezas que geriam, mesmo havendo meios de distribuí-las. Dessa maneira, embora eles tivessem um grande poder para romper com os laços de vassalagem, servidão, escravidão e desigualdades; acabaram por ser seus maiores reprodutores.

— Geriam! Perfeito! Pois eles não a produziam. É preciso que se registre isso. Nem vendo isso como uma doença ou fobia eu tenho vontade de compreender esse posicionamento emproado.

— Na verdade, Luís, é uma neurose. Fato que nos faz totalmente capazes de escolher superar isso construindo novos caminhos. Mas, André, o que você quis dizer com "boas ideias que surgem para romper com a escravidão, vassalagem e com a servidão"? E por que disse que eles se retroalimentam das riquezas produzidas?

— Ser um engenheiro e empresário me colocava em um ambiente criativo de construções formidáveis, mas isso precisa ser gerido com responsabilidade, pois, normalmente, essas tecnologias retiram a autonomia das pessoas.

— O que quer dizer? — perguntou Fanon.

— Vejam o caso dos cercamentos dos campos na Inglaterra para a produção de lã em grande escala. E, pior ainda, quando por séculos exploraram a mão de obra escravizada. A reformulação do porto de Londres no início do século é um exemplo disso. Riqueza produzida com base no monopólio e no escravagismo. Se pensarmos que valores como liberdade, igualdade e fraternidade já eram ecoados desde o século XVIII, só posso acreditar que nunca foram pensados para todos.

— Eu também — soou uníssono na sala.

— Mas também sabemos que nem todos estavam voltados a essas pretensões egoístas. A socionomia de que falávamos, que passou a se chamar sociologia, não era uma preocupação apenas minha, é óbvio. Por meio dela surgiam as boas ideias, que tinham por objetivo resolver nossos problemas.

— Está falando de coisas que viu, leu ou vivenciou, acredito — disse Gama.

— Sim. Vejam os estudos e projetos de Fourier, de Godin e dos saint-simonianos. Tenho a sensação de que as soluções encontradas na física e na matemática faziam com que acreditássemos que também encontraríamos fórmulas para as questões ética e morais, assim como para a extinção da miséria da humanidade. Santa ingenuidade!

— Jurava que era um liberal — disse Gama.

— O exercício da minha liberdade consistia em poder usufruir das ferramentas intelectuais disponíveis para acabar com essas diferenças, com essa desigualdade, enfim, com a miséria que crescia diante de nossos olhos.

André estava ficando eufórico enquanto falava. Levantou-se do divã e começou a andar de um lado para o outro, agitadíssimo, passando a destoar da tranquilidade sempre apresentada. Seguiu falando sem parar acerca de seu entendimento de como a riqueza produzida pelo tráfico e pela escravidão se canalizava por meio da ação daqueles gestores.

— Mas eles eram tão dependentes do escravagismo e do tráfico de escravizados — sua voz ia ficando mais alta —, que, à medida que o tráfico e a escravidão foram sendo extintos, seus lucros foram radicalmente reduzidos. Ao fim do mesmo século, esse mesmo porto de Londres, que acabei de me referir, se tornou um lugar sinônimo de pobreza devido ao número de miseráveis que ele produzia.

Ele seguiu andando pela sala, falando cada vez mais alto.

— Entendem como isso é frustrante? É óbvio que podemos fazer mais!

— André, está tudo bem?

— Deixe-o. Não tenho dúvida de que está em sua melhor performance. Melhor do que isso só se rasgar a túnica e arremessar esses sapatos pela janela — falou Luís Gama, com um enorme sorriso.

— Estou bem, meus amigos!

— Sim. É visível. E o que o Fanon teme? Que morra? — gargalhou de forma breve.

— Não! Mas ter um surto aqui pode ser tão ruim quanto. Depois de todo esse trabalho em resgatar, gradativamente, sua memória, seria péssimo perdê-la em definitivo.

— Muito pelo contrário, a cada instante me sinto mais recobrado de minhas lembranças e é isso que me faz estar tão exaltado.

Fanon percebeu que, embora ainda houvesse muito a ser dito, naquele momento, o resgate da memória de Rebouças começou a atingir seu coração de uma outra maneira. Assim ele estabeleceu um primeiro paralelo entre seus dois interlocutores.

— Bom, eu diria que, no ano da Primavera do Povos, Luís viveu sua primavera particular ao aprender a leitura. A partir daquele dia, ele nunca mais parou — disse Fanon.

Fanon estava referindo-se, entre outras coisas, à leitura que Gama fez, anos mais tarde, da obra do filólogo francês Ernest Renan, *Vida de Jesus*, que humanizou e racionalizou a experiência de Cristo. Como um dos primeiros a fazer referência ao livro no Brasil, é possível que Gama tenha ressignificado o Deus que se fez homem para recobrar a alma que foi sequestrada de seus irmãos e irmãs. Aquele foi um estudo inovador em seu tempo. Seguramente, Fanon também estava fazendo alusão à sua excelente prática como poeta, que se dava por meio do pseudônimo Getulino, e à sua incansável defesa dos escravizados e dos libertos. Em seguida, voltou-se para Rebouças.

— Já o amigo André procurou de toda maneira mostrar o valor da reciprocidade às pessoas do seu círculo. Mas, à medida que essa alternativa desmoronava, ele se tornava mais impetuoso em projetos de envergadura nacional que ficaram registrados em seus escritos — observou Fanon.

Seus interlocutores responderam. Primeiro Gama:

— Não podia ser diferente. É muito ruim estar na pele de um escravizado. O mínimo que podia fazer era lutar para acabar com essa injustiça. Nasci livre e injustamente fui escravizado. Mas, mesmo se tivesse nascido como um escravizado, essa situação apenas me faria lutar mais ainda e, certamente, eu seria um praticante do ato de legítima defesa que tanto advoguei.

Em seguida, Rebouças:

— Sim. No meu caso, preciso dizer que entre meus projetos e artigos tenho predileção por alguns como: *Agricultura Nacional*, "As Secas nas Províncias do Norte". Minha crítica ao assistencialismo do governo monárquico em "Orfelinato Gomes de Araújo". Minha proposta de um cadastro de terras em "Elementos para o Cadastro Nacional". E meus favoritos, *Democracia Rural* e "Abolição da Miséria". Esses projetos expressavam minha grande preocupação com a inclusão daqueles que não se inseriam nas reformas pelas quais passavam meu país, pois a resistência era muito grande.

— Essa é a nossa grande vantagem em dominar o código. Logo entendemos que é ele que está à nossa disposição e não ao contrário. Se não tivermos essa compreensão, nos tornamos presas fáceis.

André se sentou novamente para ouvir seus companheiros.

54

A BODARRADA

Fanon estava muito satisfeito ao perceber a animação e o ímpeto de André, mas não deixou de notar que, muito habilmente, ele conduziu o foco da conversa para uma outra direção, diferente daquela proposta. Fanon sabia que não seria fácil atingir as questões mais sensíveis, assim como compreendia que seria necessário ser mais provocativo. Ele contava com o apoio de Gama para isso.

— Quando ocorreu sua mudança de posicionamento diante das pessoas de seu convívio?

— Como assim? O que quer dizer com isso, Fanon? — perguntou André.

— André, quando começamos esta conversa era evidente sua insistência em buscar um lugar de reconhecimento entre as pessoas de seu convívio. Não há nada de errado nisso. É próprio de todos nós, seres humanos. Já falamos disso, mas no pouco que foi tratado aqui, também ficou demonstrado que isso não foi obtido. Entretanto, havia uma insistência sua em alcançar aquele lugar, como no seu pseudovoluntariado pela causa da seca.

— Pseudo? Por que pseudo?

— Não estou duvidando de sua generosidade, mas uma circunstância como aquela jamais lhe permitiria ser voluntário. Se não fizesse, seria omisso. Se fizesse errado, seria incompetente. E fazendo certo, foi caluniado. Nunca houve a chance de ser uma ação voluntária. Diante dessa armadilha, sua dedicação foi incrível. Se expôs excessivamente ao meu ver. Se fez tão presente que pareceu, na verdade, querer esconder algo ou buscar uma igualdade que nunca seria oferecida. E, por fim, ainda cogitou trabalhar como engenheiro para a concessão vencedora. Já com relação...

Fanon foi abruptamente interrompido.

— Já entendi.

André o cortou de forma ríspida, como se não quisesse que Fanon entrasse nos detalhes do que havia ocorrido na sala antes de Luís Gama chegar. Por um instante, ele pensou que isso talvez não fizesse a menor diferença e que Luís já soubesse de tudo, devido ao fato de estarem naquele lugar especial. Por outro lado, pensou que não desejava ver suas angústias, seu choro e aquelas vexatórias publicações em forma de soneto trazidas novamente para a conversa. Mas Fanon prosseguiu, insistindo:

— Durante a hipnose, quando falou de seu retorno dos Estados Unidos e descreveu o que o esperava, pareceu que existia um misto de enfrentamento e parceria no seu ambiente de convívio. As interações feitas com as pessoas de seu círculo social sugerem que havia muita disposição e entrega de sua parte com o objetivo de ajustar essas diferenças. Isso era recíproco?

Acuado, Rebouças disparou a falar, enquanto Gama assistia a tudo atentamente.

— Nem sempre se tratou de ocupar um lugar de representatividade. Muitas vezes, tratava-se de buscar aquele mínimo de harmonia de que há pouco falou. E eu acreditava ser capaz disso e de ter os elementos necessários para resolver essa questão. Nas circunstâncias em que voltei daquela viagem, todo o instrumental intelectual da engenharia estava à minha disposição. Como empresário, busquei continuar apontando para um caminho antiescravista, procurando meios de fazer algo diferente do que, até então, era conhecido. Mas a proposição humanística que tanto vislumbrei, que acreditava ser a solução de nossos problemas e que passava por se afetar pela dor alheia e pela empatia, não teve oportunidade.

— Compreendo e concordo — disse Fanon.

— E não se tratava de buscar que eles se esquecessem que sou negro, se foi isso que você quis dizer.

— Do que se tratava então?

— As circunstâncias foram mudando e o tempo, passando. E seja pela tal fobia de que tanto fala, pelo simples egoísmo, pelo comodismo ou, enfim, pela mistura de tudo isso, o ambiente foi se tornando mais hostil. Não havia como manter-me, efetivamente, em busca de qualquer mudança sem ser mais incisivo.

— E é justo entendermos seus últimos registros nesse conjunto de mudança? Se sim, o que teria marcado o início dessa nova postura?

— Como pode saber todas essas coisas? — questionou André, espantado.

Gama que já estava inquieto em sua cadeira. Enfim, manifestou-se:

— André, ele admite que não é uma consulta. Também admite que não somos seus pacientes. Normalmente faz isso muito facilmente. Mas não para com essa artilharia pesada. Quanto mais respondemos, mais perguntas ele tem! Vou logo avisando.

— Se é público, obras, escritos, pinturas, esculturas, temos consciência. Quando sair dessa sala, será assim com você também. Mas mesmo considerando aquilo que é público, precisamos saber a maneira como se constituiu sua relação com essas coisas. Não estamos na sua mente. Logo, poderia nos confirmar se entende que houve uma mudança em seu comportamento e se consegue identificar quando isso ocorreu? — perguntou Fanon.

— Precisávamos de mudanças. Eu, a engenharia, os países, o mundo, todos estávamos, como nunca deixará de ser, em plena transformação. Mas eles só se preocupavam em conservar seus privilégios e suas propriedades, inclusive a escravizada, em meio a tantas modificações.

— Por isso não compreendo como aguentava viver no meio dessa gente — falou Luís.

— Se eu dissesse que minha postura mais incisiva se deu apenas pela necessidade das mudanças técnicas necessárias, eu estaria mentindo. Sei que minhas escolhas e posturas pessoais provocavam embates, principalmente, durante minha juventude, quando me entendia como a vanguarda da engenharia e da modernização proposta por ela. E se eu percebesse que as demandas dessa modernização iam ao encontro de minhas demandas pessoais, confesso que tinha verdadeiro gozo em colocá-las em prática contra meus adversários.

— Estou gostando de ouvir isso. Continue! Está ficando interessante — disse Luís.

— Mas me faltaram perspectiva e experiência para compreender que eles, os meus adversários, eram muito articulados e que estavam dispostos a condenar todo o país ao retrocesso, à dependência e à escravidão para manterem suas posses.

— Nisso não há novidade. Mas, ainda assim, não deve condenar-se pelo seu ímpeto, pela sua inexperiência e pela sua juventude.

— Não me condeno, Luís. A minha dor é perceber que muito do que sou, ou melhor, do que fui preparado a vida toda para me tornar, se constituía em uma existência tão frágil.

— Opa! Mas espera aí — disse Gama, em tom exaltado. — Do que você está falando? Fragilidade? Se sentiu exposto? É isso? Você não pode estar falando sério! Eu te olho e só vejo proteção, segurança, pompa, estudo, viagem, bailes, barões, duquesas, ministros. Quer saber da solução que encontrei quando me senti traído pelo meu próprio pai, que me vendeu como escravizado?

Gama estava transfigurado em sua cadeira e continuou a falar, pois suas perguntas eram apenas pura retórica.

— Quando descobri que sempre fui livre e, ainda assim, ele me vendeu como escravizado, caminhei a pé por dezenas de quilômetros até São Paulo. Tornei-me soldado e depois cabo da Força Pública, fui expulso por insubordinação. Estudei direito até quando pude e, assim, entendi que só havia uma forma de compreender quem eu era e sou.

De repente, Luís Gama se levantou e procurou recobrar a memória para declamar parte de uma das trovas mais contundentes de seu pseudônimo, Getulino.

O que sou, e como penso,

Aqui vai com todo o senso,

Posto que já veja irados

Muitos lorpas enfunados,

Vomitando maldições,

Contra as minhas reflexões.

Eu bem sei que sou qual Grilo,

De maçante e mau estilo;

E que os homens poderosos

Desta arenga receosos

Hão de chamar-me tarelo,

Bode, negro, Mongibelo;

Porém eu que não me abalo,

Vou tangendo o meu badalo

Com repique impertinente,

Pondo a trote muita gente.

Se negro sou, ou sou bode

Pouco importa. O que isto pode?

Bodes há de toda a casta,

Pois que a espécie é muito vasta...

Há cinzentos, há rajados,

Baios, pampas e malhados,

Bodes negros, bodes brancos,

E, sejamos todos francos,

Uns plebeus, e outros nobres,

Bodes ricos, bodes pobres,

Bodes sábios, importantes,

E também alguns tratantes...

Aqui, nesta boa terra,

Marram todos, tudo berra;

Nobres Condes e Duquesas,

Ricas Damas e Marquesas

Deputados, senadores,

Gentis-homens, veadores;

Belas Damas emproadas,

De nobreza empantufadas;

Repimpados principotes,

Orgulhosos fidalgotes,

Frades, Bispos, Cardeais,

Fanfarrões imperiais,

Gentes pobres, nobres gentes

Em todos há meus parentes.

Entre a brava militança —

Fulge e brilha alta bodança;

Guardas, Cabos, Furriéis,

Brigadeiros, Coronéis,

Destemidos Marechais,

Rutilantes Generais,

Capitães-de-mar-e-guerra,

— Tudo marra, tudo berra

— Na suprema eternidade,

Onde habita a Divindade,

Bodes há santificados,

Que por nós são adorados.

Entre o coro dos Anjinhos

Também há muitos bodinhos.

— O amante de Siringa

Tinha pêlo e má catinga;

O deus Mendes, pelas costas,

Na cabeça tinha pontas;

Jove quando foi menino,

Chupitou leite caprino;

E, segundo o antigo mito,

Também Fauno foi cabrito.

Nos domínios de Plutão,

Guarda um bode o Alcorão;

Nos lundus e nas modinhas

São cantadas as bodinhas:

Pois se todos têm rabicho,

Para que tanto capricho?

Haja paz, haja alegria,

Folgue e brinque a bodaria;

Cesse pois a matinada,

Porque tudo é bodarrada!

Recitou com sua voz potente e retumbante, ecoando por toda a sala. Mantendo-se de pé, continuou:

— Bodes, bodes e bodes! As pompas em que viveu não podem ser chamadas de fragilidades. Enquanto não assumirmos a mesma condição existencial, a mesma realidade, as mesmas oportunidades naquele planeta não terei sossego em minha alma. E o Getulino continuará gritando dentro de mim.

Rebouças se manteve firme em seu posicionamento e, de pé, respondeu a Luís Gama:

— Não tenho dúvidas de que são condições diferentes. Não nego que há pessoas que se expõem muito mais e que essa exposição se deve, justamente, porque são criados artifícios com o objetivo de separar as pessoas e classificá-las segundo sua raça, sua posição econômica, social ou seu credo. Temos perspectivas diferentes acerca desse assunto. Seu entendimento parte da noção de que somos todos bodes e que todo o resto é pompa e vaidade. Tem lá sua razão. Mas eu encaro essa situação entendendo que tal pompa e vaidade são apenas parte da dominação que recai sobre nós, negros.

— Parte? Para mim se resume a isso. O tempo todo. Essa gente quer ser adulada às custas do nosso esforço — insistiu Luís Gama, com tom firme, olhando fixamente nos olhos de Rebouças, que rebateu:

— Sim. Mas o êxito alcançado por eles em usurpar nosso trabalho se dá antes desse exibicionismo de pompas, vaidades e futilidades.

Eu costumava dizer que "*Quem possui a terra, possui o homem*" e esta é a posse mais torpe, pois ela retira toda chance de construção de nossa autonomia. Era isso que eu combatia nos meus escritos sobre uma democracia rural, sobre a taxação de terra improdutivas, sobre o cadastro nacional de latifúndios improdutivos ou mesmo quando dizia que precisávamos de uma versão do *homestead act* em nosso país para legalizar o uso da terra pelos camponeses. A relação criada por esse tipo de posse só trouxe mais dependência.

Ainda mais inflamado, quase irreconhecível, Rebouças continuou:

— De escravizados passamos a libertos vivendo como miseráveis, pedintes, bêbados, marginais, ladrões, assassinos e, então, estávamos, novamente, em condições de ser encarcerados, torturados e mortos! E mais...

– Amigos, acalmem-se e sentem-se! Estamos falando da mesma luta a partir de frontes diferentes.

Rebouças se sentou no divã. Gama, coçando sua barba, pigarreando como se tivesse a garganta seca e respirando profundamente, dirigiu-se à sua cadeira.

LINHAS DE ORIENTAÇÃO: CAPÉCIA

Apesar dos ânimos acirrados entre Rebouças e Gama, Fanon não se levantou de sua cadeira para apaziguá-los. Manteve-se sentado e, com aquela frase suscinta, demoveu seus interlocutores daquele estado de espírito. Ele tinha tudo sob controle.

— Eu esperava isso, meus caros. Se me permitirem, quero fazer mais algumas observações.

— Pois não — disse André.

Gama, silencioso, apenas consentiu com um curto e rápido movimento de cabeça.

— Bom, voltemos aos meus estudos acerca do encontro da mulher negra com o homem branco e do homem negro com a mulher branca. Ao analisá-los, por meio de dois personagens autobiográficos, identifiquei um padrão nessas relações. Isso não significa dizer que são fórmulas, mas sim linhas de orientação para minhas reflexões sobre uma psicanálise que nos contemple sem nos rotular.

— Aonde quer chegar com isso, Fanon? — perguntou Luís.

— Mais do que personagens autobiográficos, vocês foram o produto de relações semelhantes à que estudei. Por isso, pensei nesse encontro. André tem pai mestiço, de pele parda, em ascensão econômica e social. Sua mãe também é mestiça, pele um pouco mais escura que a do seu pai, mas educada como uma fina dama de sua sociedade. E você tem uma mãe negra liberta e pai... — Fanon se demorou um instante, como se buscasse encontrar uma palavra mais ajustada. — Bom, sei que por motivos particulares não quis dizer que ele era branco. Posso inclusive entender quando diz que tudo é bodarrada. Dessa maneira, a fidalguia que lhe atribuiu foi suficiente para manter minha linha de orientação e raciocínio. Logo gostaria de trabalhar aqui alguns conceitos que permearam essas relações. Podemos?

A sala tomou-se de um grande silêncio. Na ausência de uma resposta de ambas as partes, Fanon continuou:

— Ao acreditar no amor como possível, real e como uma maneira de querer para o outro aquilo que se postula para si próprio; se fez necessário em meus estudos admitir que tal sentimento requer a mobilização de instâncias psíquicas liberadas de conflitos inconsistentes. Na relação desenvolvida entre Mayotte Capécia, mulher negra, e André, homem branco, é possível identificar que imperfeições e perversões desse tipo de amor ocorrem quando ambas as partes não demandam nem oferecem a seu par aquilo que ele postula para si próprio.

Gama tinha o olhar fixo sobre cada gesto e ouvia cada palavra atentamente. Sabia que o caso em análise serviria de referência para tratar de eventos do seu passado. Uma certa aflição foi tomando conta de Gama, mas ele continuou escutando as palavras de Fanon.

— No caso de Mayotte Capécia, ela passou por todo o tipo de sujeição como consequência da *catharsis coletiva* que vivenciou. Por outro lado, a André bastou ser branco. Ele não precisou oferecer mais nada, pois sua relação com Capécia já lhe ofereceu um reconhecimento que ela acreditava jamais alcançar ao se relacionar com um homem negro. Chamo isso de *eretismo afetivo*. Há uma ascensão da condição de inferioridade que lhe é atribuída pelo simples fato de estabelecer essa relação com um homem branco.

— E acha que esse era o lugar da minha mãe? — questionou Gama, num tom muito irritado.

— Não. Como disse, é apenas uma linha de orientação. Deixe-me continuar o raciocínio. Mesmo porque Luísa não está em questão aqui.

— E quem está? Prossiga então. Vamos ver até onde irá com isso.

— Bem, é que no caso de Mayotte Capécia, ela também teve um filho com esse homem. E, após viver toda forma de sujeição por parte de André, o homem branco, ela teve que se fazer digna daquele filho que trazia consigo, a *Mensagem branca* daquele pai. André também não precisou desenvolver qualquer relação afetiva com aquela criança e pode partir, abandonando-os para levar seu legado de superioridade branca a outras como Capécia.

A essa altura da fala de Fanon, foi possível ver, pela primeira vez naquela sala, um Luís Gama apreensivo e estático. Rebouças observava tudo, pensando no que o aguardava. Com toda a tensão no ar, Fanon continuou:

— Acredito poder situar o lugar de seu pai nessa relação e compreender como ele foi capaz de vendê-lo.

— Então é sobre ele — disse Gama.

— Sim. Sei que preferiu preservar sua imagem pública. Mas preciso dizer que a atitude dele se deveu ao hábito de jogos e apostas, assim como ao fato de que muito pouco podia ser cobrado dele naquele tipo de relação. Muito lhe foi permitido em uma relação de amor imperfeita, pervertida e baseada em instâncias psíquicas conflituosas. Consequentemente, ele extravasou a permissividade de sua vida privada para o espaço público ao te vender e, dessa maneira, extrapolou os limites jurídicos existentes em um modelo de sociedade que não estava preocupada com a venda de uma criança negra. Com esse gesto, seu pai o remeteu, Gama, ao fundo do abismo daquela relação que se estabeleceu entre negros e brancos.

Ao término da fala de Fanon, Luís estava sob os olhares atentos do psiquiatra e de Rebouças. Seu rosto estava duro como pedra, seu olhar, fixo, seus braços se estendiam sobre os da cadeira e suas mãos estavam cerradas, como se a qualquer momento fossem esmurrar alguém.

— Desgraçado — berrou.

Apenas sua boca se mexia enquanto todo o resto permanecia da mesma maneira e seu olhar parecia estar muito distante.

— Maldito! Ele não tinha o direito — gritou e esmurrou os dois braços da cadeira.

Levantou-se e, coçando seu queixo de forma intensa, seguiu esbravejando:

— Não disse que ele era branco nem citei seu nome, entretanto, não foi para preservar sua imagem pública e de sua família. Bodes malditos! Eles não têm esse direito. Não são melhores do que nós. Apontar um nome como um caso específico seria inocentar todos os outros. Mas não seja por isso. Meu pai se chamava...

— Acalme-se, Luís — interrompeu Fanon, dirigindo-se a Gama com um tom mais firme.

— Estou calmo e bem. Ainda não me viram nervoso.

— Está bom. Mas sente-se, por favor.

Rebouças tinha os olhos arregalados e parecia cada vez mais ansioso. Gama encarou Fanon, depois olhou para Rebouças e, apontando o dedo em riste, disse:

— Quem está no divã aqui é ele. — Soltou uma gargalhada nervosa.

— Está bem, meu amigo. Sua indignação é justa, sua resposta a essa situação já foi dada há muito tempo e ela me faz tê-lo no mesmo lugar de Aimé Césaire. Sabe disso. Já tivemos essa conversa. Seu Getulino o retirou do fundo desse abismo, assim como Césaire resgatou o negro em *Cahier d'un retour au pays natal.*[1]

Fanon pôs a mão no ombro de Gama e apontou para a cadeira, a fim de que voltasse para seu lugar. Eles se olharam fraternalmente, enquanto observavam que Rebouças ficava cada vez mais ansioso.

— Do que estão falando agora? Fundo do abismo? Resgate? — perguntou Rebouças.

— Há uma consciência moral nesse modelo de sociedade racista que nos faz o bode expiatório de seus mitos.

— Já falou isso, Fanon — disse André.

— Sim. Mas preciso reforçar que, se não identificamos esse lugar de pecadores, de culpados, de expiação que nos é atribuído e que está reservado para nós, permaneceremos vestindo a librê que o branco tem para nós. Seja como racistas narcisistas, como inferiorizados ou inofensivos com um belo sorriso *grin*[2].

— E, dessa maneira, nunca haverá mútuo reconhecimento.

— Sim, André. Quando meu conterrâneo, o grande poeta e intelectual Aimé Césaire despertou para esse fato, ele desceu a esse abismo do pecado, da culpa e das pulsões; colocou o negro nos ombros e o levou até as nuvens.

— O que quer dizer com isso?

Fanon pegou novamente suas anotações. Após folhear algumas páginas, ele leu os trechos.

— Nas palavras de Césaire:

---

[1] *Caderno de retorno ao país natal.* Livro do autor martinicano Aimé Césaire.

[2] Típico sorriso escancarado presente comumente em rótulos de produtos como farinha de banana.

"é belo

é bom

é legítimo ser preto"

E mais

Minha negritude não é torre e nem catedral

[...]

Ela rasga a prostração opaca da paciência sensata.

[...]

"o grande buraco negro onde eu queria me afogar

a outra lua

é lá que quero agora pescar a língua maléfica da noite

em sua imóvel varredura!"

— Então é isso? O negro é antítese do branco. Razão *versus* emoção. Nós somos a pulsão que eles querem controlar, eliminar, expiar?

— Óbvio que não, André. Não é isso que Césaire está dizendo. Embora, infelizmente, Sartre também não tenha entendido essa proposta em meus escritos. Por que teve esse entendimento?

— Você terminou sua leitura falando que queria pescar uma "língua maléfica da noite", ou entendi errado?

— Sim, mas, justamente, para escapar dessa situação dual, conflituosa e neurótica. Só há uma solução! Afastar-se desses termos absurdos e inaceitáveis. A "língua maléfica da noite" é uma chance de definir o sentido de nossa identidade. Precisamos disso! Por isso, Césaire escreveu:

E eis que me reencontro no fio da metamorfose

afogado, cego

amedrontado comigo próprio,

aterrorizado comigo próprio

Deuses... vocês não são deuses. Eu sou livre.

Ao ouvir aquelas palavras, Rebouças começou a entender que aquele encontro era um reencontro consigo mesmo. Ele estava em plena "metamorfose", "afogado", "cego", "amedrontado", "aterrorizado" consigo mesmo. Tomava-se, gradativamente, de uma enorme angústia ao perceber que os sentidos que sempre estabeleceu para si estavam escorregando por entre seus dedos.

O olhar de Fanon atravessava Rebouças, como se ele pudesse sentir aquela aflição, ou melhor, como se a desejasse e, assim, seguia em sua explanação.

— É aqui que se encontram Césaire e Gama, ou se preferir, Getulino, pois, se por um lado, Luís durante a escravidão vai nos dizer que "*O escravo que mata o senhor, seja em que circunstância for, mata sempre em legítima defesa*". Por outro, Césaire nos incita a morte psíquica do branco, pois a "*tinta ao pé da árvore não esconde a força da casca que grita por baixo*".

Ele voltou as suas anotações:

Forçamos as portas. O quarto do senhor ficou escancarado. O quarto do senhor estava brilhantemente iluminado e o senhor estava lá, muito calmo... e os nossos detiveram-se. Era o senhor... Entrei. É você, disse-me ele, muito calmo... Era eu. Sou eu mesmo, disse-lhe eu, o bom escravo, o escravo fiel, o escravo escravo, e de repente os olhos dele viraram duas baratas amedrontadas em dia de chuva... Eu bati, o sangue jorrou: é o único batismo de que me lembro hoje (...) Por uma inesperada e benfazeja revolução interior, ele agora honrava suas feiuras repugnantes.

— Uma morte psíquica. Somente esse *psiquismo ascensional*, com diria Gaston Bachelard, nos fará livre e permitirá que nosso grito faça estremecer os assentamentos do mundo — concluiu Fanon.

— E se eu sou a noite, o Getulino é minha "língua maléfica" afiada. Nos versos de "Quem sou eu", "a Pitada", "Sortimento de Gorra", "Serei conde, marquês e deputado!", dei minhas sacudidelas nesse mundo.

A fala de Gama estava perfeitamente entrosada com o intuito de Fanon e foi a deixa perfeita para o psiquiatra.

— Não tenho dúvidas, Luís. Por isso disse que melhor do que personagens autobiográficos, vocês são produtos de relações que precisam ter suas vísceras expostas minuciosamente.

— Você não dá ponto sem nó — disse Rebouças, ciente que sua vez estava próxima.

— Veja o caso do Gama. Podemos dizer que a condição de igualdade com o Outro deu-se por meio das pulsões mais elementares de qualquer ser humano.

— Mais elementares? O que significa? — perguntou André.

— Sim. As experiências dele se processaram num nível de realidade que o obrigaram a lidar com a ausência de seus pais, com a solidão, com a fome, com a escravidão, entre outras coisas que, entre nós aqui, só ele viveu. Esse tipo de ausência não permite a ninguém, nem por um instante, duvidar da desigualdade. Ele esteve exposto aos instintos mais elementares do ser humano e às situações mais duras que a vida pode impor. E não deve ter sido nada fácil estar no grupo que é, normalmente, submetido ao que o outro tem de mais rude.

— Sim. Frio, fome, sede, dor, violência, indiferença. Isso é exposição. Isso é estar fragilizado. Até este momento, não consigo entender diferente ou de outra forma — disse Gama.

— Pois é. Por isso precisamos entender o que o Rebouças está tentando nos dizer quando diz que se sentia fragilizado. Assim poderemos entender outras dimensões do racismo.

70

O COMPLEXO DE CULPA

Naquele mesmo instante, André percebeu que as atenções se voltaram para ele. Então ele pareceu gelar. Enquanto isso, Gama mantinha o ar de dúvida acerca de qualquer possibilidade de Rebouças comprovar algum tipo de exposição ou fragilidade a partir de seu lugar social. Mas, em parte, Fanon sabia a que Rebouças se referia. Sendo um experiente psiquiatra, precisava fazer André se sentir confiante para discorrer sobre aquele assunto. Contudo, antes que ele fizesse qualquer intervenção, André se pronunciou. Ele queria precavê-los de que não aceitaria qualquer ataque ao seu pai.

— Desde muito novo, fui educado da melhor maneira possível e agradeço ao meu pai por isso. Latim, grego, francês, inglês, estudos matemáticos e, se não me engano, aos doze anos, tive meu primeiro contato com o imperador, que assistiu a meus exames no colégio Kopke, em Petrópolis.

— Nossa! Quanta exposição e fragilidade! — Luís disse, de forma irônica.

— Gama, deixe-o falar.

— Sim. Como não? Siga, tenente engenheiro André Rebouças.

— Obrigado, Luís — respondeu e deu prosseguimento André, desprezando o tom debochado de Luís Gama. — A todo momento, Antônio e eu nos dedicávamos aos estudos. Toda a nossa energia estava destinada àquela formação. A engenharia era nosso destino. E isso impôs sacrifícios a toda a família. Ao fim do curso, na Escola Militar, estávamos entre os melhores alunos e era uma praxe ganhar uma viagem de estudos à Europa como prêmio. Mas, por conta do "prejuízo de cor", meu pai teve que financiar com dificuldades essa viagem, vivendo de forma bem modesta.

— E esperavam algo diferente? Essa é sua condição frágil?

— Gama, por favor! — disse Fanon.

— Tudo bem. Vou me calar.

— Não era nenhuma novidade. A nossa tentativa de admissão no curso de engenharia da Marinha já havia passado por problemas semelhantes. E, no caso da Escola Militar, o problema se deu no momento do prêmio a que fazíamos jus por nosso bom desempenho. Justamente por não ser uma novidade é que sempre estivemos, Antônio e eu, mesmo que de formas diferentes, preocupados em fazer da engenharia e da atuação como empresários nossos instrumentos para mudar aquela circunstância.

— E não foi uma luta honrada? — perguntou Fanon.

— Inicialmente acreditei que o progresso representado pela engenharia moderna tornaria inevitável as transformações de que precisávamos e, o mais prazeroso, seríamos nós os agentes de tais mudanças. Isso, para nós — reforçou mais uma vez Rebouças, recordando-se de seu irmão em sua inseparável trajetória estudantil —, representava o fim da escravidão, fim do tráfico, o investimento em ferrovias, na navegação a vapor, novos portos, telégrafos, água nas casas das pessoas mais pobres.

— Assim como no caso da companhia de águas?

— Sim, Fanon. Enfim, modernidade, urbanidade e civilidade. Acreditei de tal maneira nisso a ponto de apostar que qualquer um, ao entender esses preceitos e valores, investiria financeiramente nessas reformas. Por isso, mesmo não tendo capital para realizá-las, sempre me dispus a convencer aqueles que tivessem os meios necessários. Assim as mudanças seriam feitas e todos poderiam angariar lucros.

—Isso não deu certo?

André respondeu de forma seca, evasiva, com um olhar distante, enquanto repousava a mão sobre a boca.

— Não.

—E o que não deu certo?

— Já falamos sobre isso. Era o que tratávamos quando o Luís chegou. Penso que coloquei fichas demais em mitos que servem a um propósito de existência muito restrito.

— Bem lembrado. Era onde estávamos quando o Gama chegou. Mas me recordo que, naquele momento, antes de concordar com tal proposição, você parecia ainda acreditar em tais perspectivas. I nclusive, antes de retomar sua memória, estava disposto a atravessar aquela porta rumo a Barbeton, esperançoso em realizar mudanças no mundo. Enfim, embora agora concorde em vê-los como mitos, poderia nos oferecer elementos de sua experiência que fez com que assumisse essa nova postura.

André permaneceu em silêncio. Fanon parou de fazer perguntas, aguardou uns instantes, mas André não se pronunciou mais. Ao perceber que Rebouças estava com dificuldades para avançar nas explicações acerca das suas frustrações e decepções, compreendeu que precisava retomar o eixo da conversa.

— André, não deseja mais falar? Sei que pode parecer que está no fundo desse abismo, mas podemos sair dele juntos. Não precisa carregar essa culpa. Não precisa vestir a libré.

Rebouças estava confuso. Sentia que, mesmo que não mencionasse o nome de seu pai, qualquer remorso pelas escolhas feitas em sua trajetória soaria como sinônimo de ingratidão à dedicação do velho conselheiro. Então foi a vez de Gama o provocar:

— Não disse que não havia fragilidade. Se houvesse, ele não se recusaria a fazer uso da língua maléfica da noite, Fanon — disse Gama.

— Vocês não entendem! Meu pai era um bom homem — disse Rebouças, de forma exaltada.

Naquele momento, Rebouças necessitava fazer a mais difícil cisão e romper com a figura psíquica de seu pai. O conselheiro Antônio Pereira Rebouças projetou sobre André Rebouças tantas expectativas que aprisionou seu filho, por muitos anos, em seus próprios anseios. Fazê-lo emitir qualquer opinião que o confrontasse com seu pai ou com a memória da figura pública do conselheiro parecia quase impossível.

— Não se sinta constrangido. Não é um julgamento. Nem seu e muito menos de seu pai. Ainda estou apresentando a analogia com a linha de orientação proposta. Entretanto, o caminho de seu pai deixa relevantes sinais a respeito de sua busca por igualdade e como procurou concretizar isso. Inclusive, entendemos as reservas de seu pai com a estrutura institucional que ele mesmo ajudou a forjar. Talvez a melhor palavra seja zelo. Posso dizer que tenho a impressão de que, ao modo dele, ele queria zelar por todos os brasileiros.

— Como se fosse possível caucionar qualquer coisa a quem se acha dono de tudo. Inclusive da vida alheia. Eles nunca aceitariam mesmo que seu pai pagasse com a própria alma — alfinetou Gama mais uma vez.

— Apesar dessa opinião do Luís — falou Rebouças, estendendo a mão em direção a ele —, posso dizer que esse era meu pai. Zeloso, cuidadoso e sonhador. Aquilo que desejou para si, também queria para seus filhos e para todo o país.

— Justamente o que eu precisava ouvir, André — disse Fanon. — O meu interesse analítico está voltado para você e seus posicionamentos. Mas quando lhe proponho que fale de suas rupturas, você se silencia. É como se, ao tratar de sua postura mais combativa, seu pai ou os anseios dele representassem parte de seus obstáculos. Penso que há muito de seu pai em você. E para dar continuidade à linha de orientação que proponho para seu caso, preciso definir isso.

— A trajetória do meu pai teve muito peso em nossas vidas.

De repente Gama disse:

— E é preciso dizer que um peso maior sobre a sua vida. Afinal, ele dizia algo como: "poucos como Antônio, nenhum como André" quando se referia a você e ao seu amado irmão.

Naquele momento, Rebouças foi tomado de uma grande revolta por saber que tal intimidade era do conhecimento de Gama, mas precisou dar o braço a torcer e permanecer estático em seu divã, sendo fustigado pela "língua maléfica da noite".

Sem perder tempo, Fanon engatou na fala de Gama:

— Quando comparamos as duas linhas de orientação, tomando por referência seu pai e o de Gama, percebemos que ambos acabaram por exercer, de maneiras distintas, grande influência na vida de ambos os filhos.

— Mas o pai do Luís o vendeu como escravizado. Que tipo de comparação é essa? — questionou Rebouças, levantando-se do divã, inquieto.

— André, acalme-se! Você logo entenderá. Sente-se, por favor!

Rebouças voltou ao divã, mas Gama não deu tempo para ele, sequer, se acomodar.

— Mas você já se questionou de que maneira a figura de seu pai atuou sobre sua liberdade, sobre suas ações? — perguntou Gama, como se enfiasse uma faca no peito de Rebouças.

ANDRÉ REBOUÇAS NO DIVÃ DE FRANTZ FANON

Rebouças permaneceu calado e Fanon procurou refazer a questão:

— O que queremos saber é se os lugares sociais que seu pai teve por objetivo ocupar exerceram, consciente ou inconsciente, algum domínio sobre você. Se a busca dele pelo reconhecimento do Outro, ou seja, do branco, também o afetou.

— Lugares sociais ocupados por meu pai? Reconhecimento do branco? Do que está falando? — perguntou André

— Estou falando da gradativa ascensão de seu pai. A autorização para atuar como rábula. O conservadorismo diante da extinção do uso da propriedade escravizada, acreditando ser possível conciliar interesses opostos. A defesa da monarquia nas lutas de independência e contra Francisco Sabino. O casamento com a filha de um comerciante da cidade de Cachoeira.

Rebouças interrompeu abruptamente a fala:

— Fanon! Acabou de dizer que esse reconhecimento entre negros e brancos faz parte do processo de superação que é necessário se quisermos sair desse ciclo interminável. Também disse que é esse reconhecimento recíproco que pode nos tornar livres, pois essa prisão não é só nossa.

— Sim. Mas se esqueceu de uma coisa, precisa ser mútuo. Afinal eu também disse que, quando há essa reciprocidade, ela se dá por meio da oposição que um faz ao outro. E isso ocorre por meio da oportunidade de exercer a atividade negadora. De forma que, quando tudo isso escapa ao controle alheio e chega a ser ameaçador, precisamos de valores primordiais para reger nossas relações.

— E não foi assim no caso do meu pai?

— É preciso que você nos diga. Onde se encontra a ameaça, a oposição ou mesmo a atividade negadora à estrutura colonialista e racista que fez com que o Outro, isto é, o branco, tivesse que ceder em algo que ameaçasse essa estrutura.

— Diga-nos, Rebouças! — insistiu Gama.

— Se você quiser e se achar que o que digo é pertinente. Lembre-se, trata-se apenas de uma linha de orientação que desejo lhe apresentar.

A maneira incisiva adotada nas ações conjugadas por Fanon e Gama revelavam a importância de Rebouças falar mais sobre o assunto. No caso do Luís, os desdobramentos estavam expostos, entre outros aspectos, em processos jurídicos de libertação e nos textos do Getulino.

Rebouças, que havia exercido tantas atividades, também tinha muito a compartilhar. Mas o silêncio persistia. Então, Gama convocou a face mais contundente do Getulino.

— Mas quanto a mim, continuarei disposto a entender que existe somente um vitorioso projeto de ascensão social que começou no seu pai e passou para vocês, os filhos. Isso não é sinônimo de reciprocidade. Parece-me mais uma concessão.

Rebouças não pôde mais se calar, precisava dizer algo. Num tom de voz triste, como se cometesse uma traição, começou:

— Eu amava muito meu pai e ele a mim. Por que insistem nessa ideia de projeção? É como se ele me manipulasse ou me obrigasse a seguir uma trajetória.

— Não estamos dizendo isso. É você quem diz — afirmou Fanon.

— De onde vem essa ideia de projeção que tanto insiste?

— Por que a Marquesa de Olinda procurou seu pai para se queixar da retirada dos escravizados dela da doca da alfândega? Por que ela não falou direto com você, que era o gerente da companhia? Quando você quis voltar da inspeção que fazia no forte da Ilha de Anhatomirim, durante o episódio diplomático que abalou as relações entre seu país e a Inglaterra, por que você fez essa autorização passar pelo seu pai?

— E me parece que não seria nada fácil confrontar seu pai — disse Gama.

— Confrontar meu pai? Por que eu deveria fazer isso diante do que ele fez por nós?

— Porque acredito que sua fragilidade passa por dois quadros complexos inerentes à formação das estruturas psíquicas ainda na infância. Um deles teria se dado na fase edipiana.

Fanon estava disposto a contrapor aspectos da infância de Rebouças com seu conhecimento da teoria freudiana, entretanto sem abandonar sua perspectiva histórico-social acerca da vida do engenheiro. Essa prerrogativa era inevitável e inegociável em sua contestação sobre a origem do sofrimento psíquico.

— Fase o quê? — perguntou Rebouças. — Como no Édipo de Sófocles, que matou o próprio pai?

— Sim. Mas me refiro a uma morte psíquica, a uma ruptura que você não teria feito durante a vida terrena de seu pai. Esse é um processo atinente ao desenvolvimento humano, segundo Freud. Mas parece que somente após a morte de seu amado pai, você conseguiu libertar-se da sombra dele.

— Por que diz isso?

— Quando digo que gostaria de ouvir seus posicionamentos, sou sincero, pois a fase mais aguda do abolicionismo em seu país, os seus posicionamentos contra o pagamento de indenizações aos escravagistas e a morte de seu pai ocorrem em períodos muito próximos.

— E qual é a relação que você vê entre esses eventos?

— Os seus escritos em linhas gerais podem ser divididos em duas fases. Em uma década, antes dos eventos que acabei de falar, vemos registros técnicos, econômicos e empresariais. Na década seguinte, período em que seu pai já havia falecido, temos os escritos que você acabou de identificar como os seus prediletos.

— Qual é o problema nisso?

— Nesses escritos, apontados como favoritos, podemos ver sua posição mais radical contra as indenizações e a intensa defesa da partilha da terra. Posicionamentos que diferem muito daqueles de seu pai. Seria sua vivência abolicionista? Ou a ausência do conselheiro? Coincidência ou não, só você poderá nos dizer. Essa é a questão, André. Talvez você não tenha a percepção disso. Entretanto, a fragilidade a que se referiu e que o Gama não entende pode estar, em parte, nesse embate. Por isso, gostaria que tentasse falar mais sobre isso.

Rebouças permaneceu em silêncio. Sua fisionomia mudou e a raiva que expressava converteu-se em um semblante de desgosto e arrependimento. Ele parecia temer dizer algo, contudo, com muita dificuldade, pronunciou-se:

— Sim. Era muito difícil confrontar meu pai. Ele era o grande conselheiro Rebouças, com suas ideias bem definidas, metódico, racional, posturas firmes e equilibradas. Sou muito grato a ele, mas em muitos momentos quis ser mais impetuoso. Entretanto, ele sempre pareceu ter tudo planejado em sua mente. E isso me fez lembrar de um episódio muito curioso, quando tentei obter a concessão da interligação do serviço ferroviário da capital com o novo porto que eu projetava. Ele era tão metódico que sua fama foi parar nas páginas dos jornais.

— Quer nos contar sobre isso?

— Em meios às discussões sobre a quem pertencia o direito a tal concessão, um anônimo, na coluna "Publicações a pedido" do *Jornal do Commercio,* um jornal de grande circulação naquele período, assinou um pequeno artigo com a iniciais *M.M.* Certamente uma referência ao médico do Imperador, o Visconde de Mota Maia. Naquela publicação, ele dizia que um médico amigo de meu pai havia projetado minha carreira de engenheiro de obras hidráulicas ainda durante a minha infância[3]. Não sei se é verdade, mas não me espantaria se fosse. Papai sempre pareceu ter tudo arquitetado em sua mente.

Rebouças abriu um leve sorriso, como se estivesse aliviado ao dizer tais palavras. Considerou que era inútil ficar contendo aquela informação e aquele sentimento.

— Ah! E você tem razão, Fanon. Não se trata de uma coincidência. Meus escritos tornaram-se mais incisivos, contudo, eu diria que a morte de meu pai e o abolicionismo somaram-se, oportunamente, ao sentido que desejava dar à minha vida. Ficou muito mais fácil avançar naquelas questões nos anos seguintes. A questão indenizatória deixou de ser uma preocupação para mim e, assim, abracei a causa abolicionista com todo vigor.

— Obrigado, André, por dividir conosco essa experiência.

De forma breve, Rebouças conseguiu dar seus primeiros passos naquela direção e reconheceu o peso e a presença de seu pai em sua vida e em suas escolhas. Podia, então, redimensionar seus feitos a partir de um novo olhar sobre si mesmo.

— Foi bom poder falar sobre essas coisas. Mas você disse que a questão edipiana era uma entre duas que queria tratar. Então, ainda resta a segunda. O que mais me aguarda? — perguntou Rebouças, com certa expectativa.

---

[3]   Ver imagem no Anexo B.

LINHA DE ORIENTAÇÃO: VENEUSE

Muito prontamente, Fanon retomou sua explanação:

— Voltemos então a outra parte do meu estudo em que refleti sobre o personagem criado por René Maran, que se chama Jean Veneuse. Eu gostaria de falar de Veneuse, indiretamente, de Maran, para analisar o que pode ter ocorrido antes de sua fase edipiana; ou seja, na fase pré-edipiana. Nela ocorre o desenvolvimento da personalidade, dos mecanismos de defesa e de possíveis psicopatologias.

— Lá vem ele de novo, Luís! E olha que não é uma consulta — disse André, em um tom mais descontraído.

— Boa sorte para você, André — falou Gama, com um sorriso estampado no rosto.

— Acalme-se, André. Se estiver disposto a contribuir, teremos uma excelente análise — disse Fanon.

— Siga, Fanon, pois de toda forma quero conhecer sua análise sobre Jean Veneuse. Estou curioso desde o nosso último encontro, quando interrompeu sua fala. Você ia falar justamente dele — disse Gama.

— Pelo jeito agora você falará sobre o homem negro e a mulher branca, certo? — disse André.

— Esse é um aspecto fundamental para Maran, na trajetória de Veneuse. Mas quero retroceder um pouco. Diferente de Capécia, que acabamos tratando de uma maneira bem teórica e geral, nesse caso, quero apontar algumas características dele, Veneuse, que são anteriores à sua relação com Andréa Marielle.

— Está bem. Então vamos lá.

— Jean Veneuse é um personagem que tem sua trajetória contada desde sua infância de menino preto antilhano, que muito novo foi morar em Bordeaux e viver em um internato. Ele não compreende sua raça e os brancos não o compreendem. Esse personagem de René Maran vai revelando com certa dificuldade a personalidade do autor.

Rebouças olhava para Fanon, atento, e não perdia sequer uma palavra.

— Jean foi forçado a viver como um interno em um ginásio de uma província francesa. Durante as férias, ele se via obrigado a permanecer no internato, enquanto seus colegas saíam com frequência ou sempre que tinham oportunidades. Os melhores amigos de Jean eram os livros.

— É como se estivesse lá e não existisse — disse Gama.

— Sim. Nem era integrado ao grupo nem passava despercebido. Suas conversas eram com os autores dos livros, os quais estavam mortos ou ausentes daquele lugar. E, assim, ele se tornou um introvertido que venceu no plano das ideias, do conhecimento, e passou a ser admirado por seus colegas — observou Fanon.

Após dizer essas palavras, Fanon retomou suas anotações para citar um trecho do livro de Maran, que considerava ser a melhor definição de Veneuse por parte de seus colegas:

"Que sonhador incorrigível, uma figura, este meu velho amigo Veneuse! Só larga os livros para cobrir de rabiscos seu diário de viagem"

— Acho que já sei onde isso vai terminar — disse André.

— Mas antes preciso dizer que há outros adjetivos utilizados por parte dos colegas brancos para definir Veneuse.

Fanon voltou a mexer em suas anotações:

"Um tímido, mas também um inquieto."

[...]

"Pode confiar nele, você verá,

é um preto como gostaríamos

que muitos brancos fossem."

— Tímido, inquieto e confiável! Incrível, não? Que mistura implosiva — disse Gama, de forma ácida, provocando Rebouças mais uma vez.

— São muitas incertezas — disse André, como se falasse de si.

— No entanto, havia uma convicção. Ele queria provar que era um homem igual aos outros. Tão complexo como os demais. Um semelhante. Embora, antes de tudo, ele precisasse se convencer disso, pois, apesar de sua inteligência ter o colocado em um nível de cultura igual ou superior a qualquer europeu, ele não podia fugir de sua raça.

— E o que ele fez? — perguntou André.

— Foi servir sua pátria no país de seus ancestrais e percebeu-se destratado pelos brancos e pelos negros.

— Nem europeu nem antilhano — prontamente falou Rebouças.

— Sim. E mesmo tendo Andréa Marielle, mulher branca, declarado seu amor por ele, por meio de uma carta durante a guerra, isso não bastou. Ele precisava do consentimento, da autorização, da permissão de um branco para sentir-se em condição de igualdade, para estabelecer aquela relação.

Fanon virou uma página de seu bloco e destacou algumas falas incentivadoras do irmão de Andréa Marielle para que Veneuse se casasse com sua irmã:

"você é realmente um dos nossos"

"talvez você próprio não se dê conta disso"

"você é um francês de Bordeaux. Meta isso na sua cachola"

"De fato você é como nós. Você é 'nós'. Suas reflexões são as nossas. Você age como agimos, como agiríamos. Você se julga preto? Está errado. De preto você só tem a aparência". "De volta a França, vá correndo à casa do pai daquela que, em espírito, já lhe pertence, e berre-lhe, batendo no coração com um estrondo selvagem: eu a amo."

— Esse deve ser o final de Veneuse. Sua aceitação social. Seu eretismo ou psiquismo ascensional ou qualquer um desses seus conceitos que, como um coelho, não para de tirar da cartola — disse Rebouças, um tanto irritado.

— Não se trata de mágica ou truque, André. Não estou criando essas coisas de minha cabeça. Passei anos na Argélia procurando estudar essas estruturas colonialistas e dominadoras. E não, esse não é o final da trajetória de Veneuse.

— Não?! Então siga! — retrucou Rebouças.

— Não, pois ele, e sabemos que se trata de Maran, buscando uma resposta para essa emboscada, compreendia que a consolidação de sua união com Marielle ratificava o conhecido estigma da fome que o negro tem da mulher branca em resposta à humilhante inferioridade em que são colocados. Consequentemente, uma manifestação do desprezo por sua própria raça. Sendo assim, ele estava em uma armadilha difícil de sair, pois se por um lado ele alcançaria o reconhecimento por causa dessa união; por outro confirmaria seu complexo de inferioridade e sua tara.

— E o que ele fez então? — perguntou Rebouças, de forma ríspida.

Luís Gama aparentava um certo gozo com a angústia de Rebouças.

— Ele partiu de volta às Antilhas, como funcionário público, para mostrar o quanto era diferente dos verdadeiros pretos. O senhor Veneuse tinha carregadores e uma preta jovem em casa para os serviços domésticos. Quando eles o procuravam para lamentar uma provável partida de seu senhor, ele dizia:

Vão se embora, vão-se embora! Vejam... Estou triste em deixá-los. Vão-se embora, não me esquecerei de vocês! Vou-me embora apenas porque este não é o meu país e porque aqui me sinto muito só, muito vazio, privado demais do conforto que me é necessário do qual, felizmente, vocês ainda não precisam.

Gama se pronunciou:

— Que belo de um filho da...

— Gama! Não tem muito tempo, disse que quem está no divã aqui é o André. Lembra-se? — interrompeu Fanon.

Gama deu uma boa e sonora gargalhada. E não perdeu tempo:

— Certíssimo. Como poderia esquecer? Vai dizer alguma coisa em sua defesa, André... Veneuse? — disse Gama, instigando Rebouças.

— É isso que pensam? Que busco reconhecimento dos brancos ou bodes, como diria Luís, a ponto de negar minha negritude?

— André, essa foi a solução de Maran que analiso em minha linha de orientação. Peço que não se esqueça. Isso não quer dizer que penso que suas escolhas são idênticas às de Veneuse. Não posso pensar tal coisa, pois eu não as conheço e somente você pode falar de suas escolhas.

— Sim! Estamos esperando — disse Gama, seguido de outra intervenção de Fanon.

— Veja, entre os exemplos de retorno ao nosso local de origem, podemos nos posicionar como Veneuse ou como George W. Williams, que confrontou o colonialismo belga no Congo. Mas se você se calar e não quiser mais falar, nunca saberemos. Eu apenas proponho uma estrada. Você segue o caminho que quiser.

Rebouças resolveu falar ao ser confrontado com o nome de um contemporâneo que ele havia conhecido.

— Sim. Excelente exemplo esse do George W. Williams. Ele esteve em solo africano um pouco antes de mim e vivemos realidades bem parecidas. Recordo-me que tinha seu livro *History of the Negro Race in America* autografado[4]. Mas penso que podemos falar disso depois. Muito me interessa o desfecho dessa sua tal linha de orientação. Quero saber o que você indica nessa situação. Siga, Fanon.

— Há elementos descritos na vida de Veneuse que são muito semelhantes aos seus. A introversão, a timidez, a inquietude, a busca pelo reconhecimento do Outro por meio de uma permissão ou autorização, o mergulho no mundo dos livros, dos sonhos e da intelectualidade. Esses aspectos são reconhecidos como uma forma específica de neurose, chamada neurose abandônica. E antes que diga, isso não é um coelho que acabo de tirar da cartola.

— Não? Se não é da cartola, de onde é, então? — perguntou Rebouças

— O abandônico é um importante conceito desenvolvido pela psicóloga francesa Germaine Guex. A partir dessa teoria, pode-se dizer que, por ter sido abandonado na sua infância, Veneuse apresentaria esses sintomas. O medo de ser abandonado novamente, como quando foi deixado no internato, fez com que ele pusesse o amor alheio à prova a todo instante. Logo, não havia tara nem inferioridade em relação à mulher branca atinente à sua negritude. Mas Maran não conseguiu perceber a armadilha em que estava inserido, tal como pôde ser visto no desfecho

---

[4] Ver imagem do Anexo A.

vivido pelo personagem de Veneuse. Entretanto, só há como sair de uma armadilha se compreendermos como ela funciona.

— E por que acha que eu também seria um abandônico?

— Caro André, você recebeu esse nome em homenagem ao seu avô materno, fugindo da tradição comum ao primogênito, que é a de levar o nome do próprio pai, pois acreditava-se que você não sobreviveria aos primeiros dias de vida. Por isso, seu irmão mais novo se chamou Antônio e não você. Ainda durante sua infância, você se mudou para a corte e, pela sua própria descrição, sua atividade educacional era muito intensa. E ao que parece, programada desde muito cedo por seu pai. Aos doze anos, você já estava em um exame diante do imperador. Apesar de sua inquietação, sua atuação no abolicionismo se deu principalmente nos bastidores. Sua credulidade na ciência, no universo intelectual, na possibilidade de persuasão das pessoas de seu convívio e seu autoexílio me fizeram acreditar nessa possibilidade.

— E há algo mais que eu deva saber?

— Jean Veneuse é um passageiro em sua própria vida interior. Ao meu ver, ele precisaria, como se um espinho fosse, *enfiar-se no coração do mundo*. Enfrentar o mundo. Mas não é isso que ele faz. Ele é um introvertido. Teme um novo abandono. Teme não ser amado. No entanto, assim como Capécia, apelar para sua cor a fim de justificar essa postura é um mito, pois, antes de qualquer coisa, ele precisa libertar-se de seus delírios infantis. Dessa forma, entendo que a busca por igualdade, submetida à permissão ou à autorização, não pode ser atribuída a maior ou menor concentração de melanina em sua pele. Essa maneira de barganhar reconhecimento passa pelo abandono sofrido ainda durante a fase pré-edipiana. Esse é meu entendimento.

— Bem, dessa forma, minha fragilidade estaria na dificuldade que tive em romper meu laço paterno e em um possível abandono ainda quando muito novo. Entendo que sou, realmente, um homem dos bastidores, introspectivo, sonhador e tomado pela atividade intelectual. Sensível e, como o Luís adora dizer, um crédulo. Subjetivamente falando, posso ser atravessado por essas questões e, como um bom introspectivo, aproveitarei para fazer boas reflexões sobre o diagnóstico traçado. Mas antes preciso fazer uma coisa.

André, que sempre se achava tão elegante, naquele momento, sentiu-se despido de todas as barreiras que construía, constantemente, ao redor de si para impedir que acessassem suas dores e seus sofrimentos. Sua discrição, suas formalidades, suas etiquetas e sua polidez se dissiparam instantaneamente. Ele ficou de pé, retirou sua elegante túnica, arremessou seus brilhantes sapatos em um canto da sala e contraiu os dedos dos pés contra o felpudo tapete da sala.

O ABISMO

Havia algo mais naquela postura. Ele queria falar. Expor seu entendimento, sua perspectiva. Não se tratava de um simples consentimento da linha de orientação proposta. Embora não fosse psiquiatra ou psicanalista, Rebouças queria continuar a trilhar uma perspectiva analítica, mas sob um aspecto mais material. Fanon e Gama permaneciam observando, aguardando que ele falasse algo. Entretanto, ele seguia em silêncio, como se estivesse lembrando de seu passado e buscando um meio objetivo de comprovar sua fragilidade.

— Penso que a sensação de impotência que vivenciei nos Estados Unidos aguçou em mim o anseio por encontrar caminhos pacíficos e institucionais para que coisas como aquelas não mais acontecessem. Eu passei por uma série de constrangimentos e restrições mesmo sendo engenheiro, empresário e podendo pagar pelo que havia de melhor naquele país.

— Você sentiu na pele o que é se reconhecer como igual e ser tratado como inferior — disse Gama.

— É isso que o racismo faz atravessando diferentes camadas sociais e perpetrando institucionalmente muitos de seus aspectos — disse Fanon.

— Mas não é, nem de longe, a mesma coisa que ser um escravizado — interveio Gama.

— Bem, não foi isso que quis dizer. Não mesmo. Infelizmente, Luís, você não viveu o suficiente para ver a tardia abolição em nosso país nem as reações a ela. Morreu bem antes. E não acho que seja igual ter ciência das coisas estando aqui, neste lugar.

Fanon e Gama se entreolharam, discretamente, e Rebouças prosseguiu.

— Quando falo de fragilidade, não me refiro à minha condição enquanto um homem negro em meio à corte e aos grandes capitalistas. Refiro-me, antes de qualquer coisa, à construção arquitetônica e institucional de espaços urbanos que não priorizaram integrar as diferentes pessoas com seus diversos hábitos e necessidades.

— Refere-se às possibilidades da engenharia? — perguntou Fanon.

— Sim, às possibilidades e impossibilidades. Mas não só da engenharia, assim como das demais ciências que se modernizaram naquela época. Por sermos engenheiros, sabíamos que, ao suplantar uma técnica obsoleta ou uma determinada capacidade de trabalho, não estávamos apenas oferecendo uma oportunidade de inserção no tal mundo do progresso. Sabíamos também que destituíamos um determinado grupo de pessoas de seu lugar social e econômico. E a destituição dessas pessoas começava a partir do espaço físico que ocupavam, até atingir seus hábitos e costumes.

— É impressão minha ou você continua apenas falando das disputas entre seus colegas capitalistas? Pois eu não acho que "lugar social e econômico" são os melhores termos para se referir a escravizados. A escravidão é uma prisão. A pior delas, pois roubou nosso direito de existir. Éramos coisas — disse Gama.

Rebouças, tenso, levantou-se e mais uma vez começou a falar enquanto andava de um lado para o outro, pois tudo que desejava era ser compreendido.

— O que estou tentando dizer é que, embora tivessem por finalidade introduzir novas tecnologias, essas concorrências eram dependentes de uma base econômica monopolista e escravagista. Isso ocorria tanto em nosso país como em outros lugares do mundo. Logo, quando trato dessas disputas, não estou me referindo apenas às consequências que afetavam os capitalistas enquanto opositores. Minha intenção é mostrar como tais grupos rivais, mesmo conhecendo essa característica monopolista e escravagistas, optaram por defender seus interesses particulares como se fossem interesses públicos, fazendo as modernizações propostas se converterem em manutenção de seus poderes.

— Desculpe-me, André, mas você precisará ser mais específico, pois você falou ao mesmo tempo em tecnologia, escravagismo, concorrência, transformação e manutenção. Agora será sua vez de tirar um coelho da cartola — brincou Fanon.

André se sentou com um sorriso no rosto e procurou recobrar suas ideias.

— Está certo. Realmente atropelei uma série de fatos que me permitem explicar o que quero dizer. Mas alguns exemplos tornarão tudo mais evidente. As modernizações propostas ao governo monárquico brasileiro tinham aspectos tecnológicos fundamentais, mas não se restringiam a eles. O fim do tráfico e da escravidão fazia parte dessa pauta de mudanças, contando inclusive com pressões internacionais. Nesse ponto, encontramos um importante paradoxo, pois os agentes que podiam implementar os avanços, normalmente, eram os mesmos que há anos se beneficiavam do tráfico e da exploração da mão de obra escravizada.

— Esse paradoxo, certamente, fez com que esses emproados, repimpados, fidalgotes, empantufados quisessem transferir esse mecanismo de exploração às modernizações sugeridas — falou Gama, parecendo que a cada adjetivo pudesse ver em sua frente cada um dos quais descrevia.

— Sim, Luís. E o que se apresentava como um processo de transformação que proporcionaria relações sociais igualitárias provenientes das novas tecnologias, ao contrário, se consolidou aprofundando diferenças, gerando miséria e a exclusão de tais benefícios.

— Essa é uma fala bem incisiva, André. Mas como pode afirmar tal coisa? — perguntou Fanon.

— Reis e imperadores foram decapitados ou destituídos de seu lugar de poder. Barões, duques e marqueses se tornaram apenas títulos honoríficos. O cristianismo em suas principais vertentes perdeu em grande parte seu poder de legitimação assumindo uma relação situacionista com o Estado.

— E passou a se comportar como um gene recessivo, esperando que o dominante não se manifeste, estando disposto a assumir seu lugar a qualquer momento. Não me refiro à fé e à convicção das pessoas, mas às contradições vivenciadas nessas práticas religiosas ante os ensinamentos proclamados em sua própria crença — disse Fanon.

— Eu sei. Entendo o que está falando. Isso tudo termina naquilo que com muito pesar vi acontecer no Brasil e, novamente, em meus últimos anos na África.

— Assim você viu suas expectativas de mudança se frustrarem, certo?

— Sim, Fanon, pois onde antes tínhamos reis e imperadores, passamos a ter presidentes e ministros. Onde tínhamos barões, duques e marqueses, passamos a ter doutores e bacharéis. Mas a modernidade, que deveria ser a nossa nova chance enquanto seres humanos, se converteu no mais sofisticado sistema de divisão da sociedade. Sobre essa divisão que estou falando e preciso ser entendido.

— Então, explique!

— Sim, Gama. Começo retomando o caso dos Estados Unidos, para falarmos em termos mais concretos. Lá, como escreveu Nabuco, o preço da abolição começou a ser pago com a morte de Lincoln. No Brasil, com o golpe republicano. Desde o 14 de maio, os *caronistas*[5], que nunca foram comprometidos com a abolição, queriam a desforra pelo fim da escravidão. Esses tais republicanos nunca se comprometeram com essa questão. No Manifesto de Itu não há uma palavra em defesa do escravizado.

— Sim. Nesse momento, como um republicano, recusei-me a assinar esse manifesto e rompi com eles. Você sabe disso — falou Gama.

— Sim. Não estou te acusando de nada. Refiro-me ao que aconteceu depois de sua morte. Quanto ao manifesto, é apenas um referencial. Mas posso apontar outro. Naquela época, deixei registrado em um dos panfletos que produzi após o treze de maio e repito:

Não havia a 13 de maio de 1888 um só republicano no Parlamento.
Hoje raro é o Distrito Agrícola que não se prepara para mandar um "vingador",
um indenisador".

— De certa maneira, esse avanço revanchista contra a abolição lhe trouxe recordações de seus difíceis dias nos Estados Unidos. Imagino — disse Fanon.

— Não apenas isso. O golpe final, que foi dado como desfecho da monarquia, fez parecer que o país estivesse se harmonizando com uma nova postura política. Mas isso não estava nos planos deles. A riqueza dessas pessoas foi sustentada pelo tráfico e pelo uso da mão de obra escravizada em seus latifúndios monocultores. *Landlords*! Eles não estavam dispostos a renunciar a isso e queriam ser indenizados pelo governo à medida que as libertações aconteciam.

---

[5] Termo utilizado por André Rebouças para se referir aos escravagistas que aderiram ao movimento republicano em desforra à monarquia por ter abolido a escravidão.

— Essa foi a gota d'água para você, acredito?

— Sim, Gama. Como se não bastassem o tráfico, a escravidão e o monopólio em seus latifúndios, eles fizeram com que as concessões dos serviços no espaço urbano se transformassem em meio de enriquecimento pessoal em detrimento de um maior proveito público.

— A exemplo do que aconteceu na seca, em que você e seu irmão trabalharam voluntariamente na comissão especial — disse Fanon.

— Sim. Se houve uma estratégia que permitiu a eles um certo controle dos riscos nas atividades desenvolvidas, isso se deu por meio de um recurso proveniente de uma exploração vil e torpe de outros seres humanos. E o pior, eles garantiram e ampliaram a continuidade dessa sistemática de exploração, mesmo após a abolição, com suas presenças simultâneas nos ambientes públicos governamentais e em suas atividades privadas. Subsídios e garantia de juros para eles. Mas quando propus, nas duas companhias de docas que gerenciei, uma caixa de socorros, que já era utilizada na cidade do Porto muito anos antes...

— Não conseguiu aprovar — complementou Gama —, obviamente. Para quê? Esta era uma atividade exercida em grande parte em nosso país por mão de obra escravizada ao ganho[6].

— Durante minha intensa vida, empresarial procurei extinguir o uso da mão de obra escravizada no porto e oferecer algum tipo de proteção para aqueles trabalhadores. E quanto mais me dedicava à emancipação e à abolição, mais rechaçado eu era da atividade gerencial que eu exercia. Então, foi durante minhas atividades de abolicionista, ao me sentir mais preparado, que compreendi que seria impossível aos libertos sair da condição de propriedade em direção à plena igualdade. Já existia um abismo quase intransponível para eles.

— Poderia ser mais preciso quando diz "abismo quase intransponível"?

— Sim. Estou procurando fazer referência ao abismo psíquico do qual se referiam Gama e seu conterrâneo, amigo e poeta...

— Aimé Césaire.

— Isso. Quero fazer referência ao abismo psíquico que tiveram que sair para espertar-se no coração do mundo ou mesmo sacudi-lo, pois também precisaremos sair desse abismo que chamaram de modernidade.

---

[6] Escravagismo típico da zona urbana, em que os escravizados realizavam serviços remunerados e os ganhos eram repassados aos seus senhores, entretanto, permitindo que eles constituíssem algum recurso para si.

Objetivamente falando, quero mostrar como nos jogaram nas suas profundezas, enquanto forjavam outra forma de exclusão para nós e para nossos irmãos. Assim, poderemos discutir mais adiante de qual deles devemos sair primeiro. Seja ele pré-edipiano, edipiano ou pós-edipiano — disse Rebouças, em um tom bem-humorado.

OS TRÊS PASSOS

— Então, você entende que a modernidade é um abismo? — perguntou Fanon.

— Não deveria ser. Mas o que quero dizer é que a industrialização, que passamos a viver a partir daquela época, combinou-se com um fluxo de pessoas que defendiam seus interesses, colocando-se dos dois lados do balcão. Isto é, no universo público e no privado.

Rebouças se referia a pessoas de seu círculo social que exerciam de maneira concomitante funções no Banco do Brasil, na Caixa Econômica, na Associação de Comércio do Rio de Janeiro e acabaram por ser eleitos para vários mandatos políticos. Essa era uma situação comum agravada pelos laços consanguíneos, que reforçavam o privatismo em circunstâncias de interesse público. Ele continuou a falar:

— Para complicar mais ainda essa circunstância, a capitalização dos bens produzidos atingiu proporções inéditas, que acabaram gerando um abismo enorme nesse modelo de sociedade, que se pretendia livre, fraterna e igualitária. Por fim, a engenharia, que sempre foi minha arma, se tornou uma faca de dois gumes em meio aos anseios de transformação que eu tinha.

— Por que fala isso?

— Bem, Fanon, posso falar a partir de minha experiência como engenheiro e empresário. Acompanhei ativamente o processo de reformulação portuária pelo qual passavam grandes portos comerciais do mundo na segunda metade do século XIX. Mudanças essas que já ocorriam desde o século XVIII. Naquelas circunstâncias, pude identificar ao menos três passos que caracterizavam essas reformulações.

— E quais seriam? — perguntou Fanon.

— É bem verdade que havia suas peculiaridades em cada região, mas no geral pude distinguir três etapas ou passos similares como uma espinha dorsal. Enfim, essas mudanças aconteceram devido ao advento de novas tecnologias, que fizeram com que os portos tivessem que se adaptar a fim de integrar ferrovias à navegação a vapor. No entanto, isso é apenas a parte técnica da coisa toda, pois essas ações geravam riquezas que estavam intimamente relacionadas à produção de pobreza.

— Pobreza nossa, principalmente!

— Sim, Luís, certeiro mais uma vez, e o desafio posto era evitar esta situação. Mas infelizmente nem todos se preocupavam com esse empobrecimento. Ainda hoje é difícil dizer até que ponto medidas políticas, como a extinção do tráfico internacional, a gradativa abolição da escravidão ao redor do mundo e o surgimento de repúblicas, foram realmente eficazes.

— Você está nos dizendo que essas medidas não fizeram diferença? — perguntou Gama

— Não. Não é isso que estou dizendo. Estou dizendo que há uma relação entre essas medidas políticas e os avanços tecnológicos que não foram consolidadas.

— E qual é a relação entre esses eventos e a reforma dos portos? — perguntou Fanon.

— Tomarei a reforma portuária como minha "linha de orientação" — Rebouças fez o movimento com os dedos no ar a fim de indicar as aspas — para que eu consiga tirar meu coelho da cartola e mostrar como o avanço da tecnologia se transformou em um grande abismo social. Espero que compreendam. Tenham um pouco de paciência.

Seus interlocutores se entreolharam mais uma vez, abriram um leve sorriso e voltaram toda a sua atenção para André.

— O primeiro passo, nesse processo de reforma portuária, consistiu em uma luta pelo local onde se exerceria o novo tipo de atividade. Em linhas gerais, era uma disputa pelo espaço físico, ou seja, pela terra onde seria gerada a riqueza. Em todos os casos que estudei, vivenciei ou participei, a vitória se caracterizou pela retirada da atividade de seu local de origem. Entretanto, é importante destacar que os locais de origem estavam obsoletos, tinham sido autorizados de maneira monocrática por decretos reais ou imperiais e sua atividade comercial estava, basicamente, sujeita à capacidade do vigor físico humano. Em contrapartida, os novos locais ofereciam toda a estrutura tecnológica necessária, mas precisavam ser autorizados por comissões, parlamentos e câmaras a fim de que pudessem introduzir os novos portos em uma escala de produtividade industrial.

— *"Quem possui a terra, possui o homem"*.

— Sim, Fanon. É aonde quero chegar. Esse primeiro passo na reforma dos portos mostrou que a transformação tecnológica foi acompanhada de uma mudança na legitimação política do direito à terra e ao trabalho. Uma decisão monocrática não mais bastaria. Nada de decreto real ou imperial. Aqui eu consigo compreender quando você insiste na importância do reconhecimento mútuo.

— Mas tudo isso que está falando se refere aos seus amigos empreendedores, certo?

— Amigos? Você não para de me provocar — falou Rebouças, com um olhar jocoso. — Mas sim, Luís. Você tem toda a razão. Estamos, nesse caso, falando de uma disputa entre industriais, comerciantes e financistas que construíram recursos políticos e econômicos para equilibrar forças em suas disputas. Eu seria imprudente se dissesse que o equilíbrio de forças aconteceu de forma irrestrita. E seria injusto se não reconhecesse que foi o acúmulo de recursos econômicos, que se deu por meio do tráfico e da escravidão, que permitiu a sustentação dessa estrutura política.

— É disso que eu estou falando. Nós não participamos disso. Nós não estávamos nessas comissões, parlamentos e câmaras. Nós não fazíamos parte desses planos. Por isso, deixei o partido republicano, como já disse. E por mais que as decisões não fossem mais monocráticas, nada disso foi estruturado para nos atender.

Gama, exaltado, pronunciou essas palavras, mas não expressava um anseio de seu alter ego. Naquele momento, gritava o advogado que sempre precisou enfrentar seus adversários e um código jurídico desumano e ultrapassado. Sem pestanejar, completou:

— Digo mais. embora não me importe com o acordo que faziam entre si, pois eu me preocupava bem mais com nossos irmãos, também não acho que eram oportunidades iguais. Aqueles que tinham a nova tecnologia tinham vantagem.

— Concordo com o que você disse, Luís. Justamente nesse ponto que insisto: tratou-se de uma disputa que não nos incluiu, pois ou eles nos viam como uma propriedade produtora de sua riqueza ou como intrusos em seus objetivos de enriquecimento. Você já está vendo o abismo chamado modernidade. Mas eu ainda não acabei.

— Continue!

— Esse confronto que se estabeleceu nas câmaras, nos parlamentos, nas comissões, nos ambientes governamentais, públicos, democráticos...

— Onde não estamos representados — interferiu Gama, mais uma vez.

— Gama! Deixe o André concluir seu raciocínio! Por favor! — pediu Fanon.

Gama respirou profundamente, enchendo sua caixa torácica. Ajeitou-se na cadeira e calou-se. Permaneceu olhando para Rebouças, que seguiu sua explanação:

— Esses lugares são ambientes, arenas pacíficas, em que deve ser travado o confronto que trata do risco que representamos uns aos outros, como disse Fanon. E no caso dos comerciantes e industriais, podemos dizer que isso se preservou razoavelmente, pois havia instrumentos, básicos, para dar equilíbrio à disputa estabelecida entre eles, melhor dizendo, à ameaça que representavam uns aos outros.

— Baseado em que você diz que o confronto entre eles se preservou razoavelmente? A tecnologia não interferiu nesse equilíbrio? — perguntou Fanon.

Luís Gama se mexia na sua cadeira, inquieto.

— Sua questão é uma deixa para que eu apresente o segundo passo desse processo de reformulação portuária, pois, embora um grupo tivesse a tecnologia, os custos de sua implementação eram elevados e, entre outras questões, isso os obrigava a barganhar com seus rivais. Então, essa negociação, intermediada pelo Estado, deu chance aos grupos perdedores de se transferirem para o lado vencedor, por meio de cotas acionárias, fazendo dessa tal disputa um confronto de riscos parcialmente controlados. Assim, eles se cotizavam para dividir possíveis prejuízos ou lucros. No final de tudo, ainda contavam com a regulação e a retaguarda do governo.

— Do jeito que você está falando, o controle a fim de que houvesse o mais amplo beneficiamento público, por meio dessa concessão, caberia ao Estado? — perguntou Gama, irônico, em seguida, voltou a se pronunciar: — Ah! Desculpem, não posso interromper. Siga sua linha de raciocínio — disse, abrindo um sorriso debochado.

— Você sabe que pode falar quando quiser. É que, naquele momento, o André não estava nem conseguindo terminar as frases — disse Fanon.

— Não me contenho, vocês sabem. Siga, Rebouças.

— Bem, teoricamente sim. O Estado teria esse papel. Mas isso me faz chegar ao terceiro passo desse processo de reforma, pois, para exercer suas funções, o Estado deveria angariar fundos com a tributação da atividade desenvolvida e impedir a busca de lucros excessivos por meio de tabelamentos ou da ampla concorrência. Dessa forma, evitaria o beneficiamento de quaisquer dos grupos envolvidos por meio de monopólios. Mas essa era uma expectativa que não tinha como ser atendida pelo Estado, pois ele não podia, ou melhor, ele não queria ser esse instrumento imparcial, já que a ligação entre tais capitalistas não se restringiu às cotas acionárias e eles não se limitaram ao seu papel de acionistas em suas companhias.

— Farei uma pergunta apenas para ouvir a resposta de sua boca — disse Gama. — Por que o Estado não era capaz de atender às expectativas que recaíam sobre ele?

— Porque as relações desenvolvidas por associações, companhias e o Estado se misturavam com outros laços de afinidade. Eram pais, maridos, filhos, padrinhos atuando de forma particular em detrimento do interesse da sociedade e, principalmente, contra o fim da escravidão. Vi isso no Brasil e sei que não foi diferente em Londres no início do século XIX.

— Fale mais sobre isso — disse Fanon.

— A base de ligação dos componentes dessas associações deveria ser constituída pelas cotas acionárias, que também definiriam os ganhos e as perdas de cada capitalista, sem, no entanto, entregá-los à própria sorte, pois alguns instrumentos administrativos e econômicos, como subsídios e a garantia de juros, apoiariam suas atividades. E até aqui, por mim, tudo bem! A atividade econômica deve ser protegida. Mas isso é totalmente diferente de restringir ou manter os ganhos dessas atividades limitados aos interesses de algumas famílias. Lembram quando disse que eram instrumentos básicos para equilibrar as disputas que ocorriam entre eles? Devia ter dito rudimentares. O que realmente mudou? Que noção de público é essa?

— Resumidamente, se eu estou te entendendo bem, seus três passos nos apresentam uma apropriação do território por meio de disputas entre grupos privilegiados que desejavam desenvolver uma atividade produtiva.

Essa atividade seria intermediada pelo Estado a fim de defender o interesse público e de resguardar os produtores — disse Fanon.

— Sim, Fanon. Em linha gerais, é isso mesmo. No entanto, vale destacar dois problemas desse modelo. O primeiro, já muito bem apontado por Gama, refere-se à nossa exclusão. A ausência de nossa participação nesse processo.

— Por isso devemos lutar por nossas vidas!

— Sim, Gama. E no que se refere ao segundo problema, ele me preocupa pelo seu aspecto sistêmico. Isto é, por ser um problema que faz parte do funcionamento desse modelo de gerir a riqueza produzida.

— O que está tentando nos dizer?

— Estou tentando dizer que, sem nossa representação, essa tal modernidade exige de nós, pretos, que aguardemos com toda *paciência sensata* que esses gestores se sensibilizem com nossa condição. Consequentemente, tal generosidade fará com que desistam da aglomeração de riqueza, realizadas em favor de si e dos seus objetivos, a fim de nos incluir em seu projeto de progresso, contradizendo a lógica de acumulação própria desse modo de vida.

— Os bodes? Aqueles mesmos bodes que não sabem que são bodes? Nem você, que é um grande crédulo, continua apostando nisso — falou Gama, gargalhando.

— *"Paciência sensata!!"*. Está atento às palavras de Césaire. Elas nos tocam mesmo — disse Fanon.

— Demorei muito para acordar, mas é isso — disse Rebouças.

— Acordou aqui — disse e gargalhou Gama.

— Não é verdade — respondeu Rebouças.

— Eu sei! Mas foi mais forte do que eu.

Todos riram. Rebouças prosseguiu:

— Não tive mais estômago para aquela falácia e agora entendo que precisamos ser uma ameaça! Assim haverá reciprocidade!

— Como assim? Está me deixando confuso! E o pacifismo?

— Bem, Gama, não estou falando de violência. Não de violência física. Refiro-me a outro tipo de ameaça, pois não acredito que o fato de deixarmos de ser objeto dela, para sermos seus agentes, na estrutura que acabo de descrever, resolverá nossos problemas.

— E por que não? Se estamos o tempo todo nessa conversa dizendo que não temos direito a uma participação igualitária nessa sociedade!

— Sim, Gama. Justamente por isso! Devido ao fato de não participar ou participar de maneira desigual. Acabei de explicar o modo como entendo que a modernidade nos dividiu. A riqueza que se concentra de um lado, escasseia de outro.

Rebouças, ao usar o termo riqueza, estava pensando de forma ampla. Isto é, na maneira como se deu a divisão social do trabalho, da produção, dos poderes políticos, assim como do direito ao exercício das expressões culturais no Brasil. Ele não estava questionando nem condenando o uso da legítima defesa, mas ele tinha planos para fazer mais e melhor, afora ser instrumento da violência que sempre anda à espreita. Desse modo, seguiu em sua fala:

— De modo geral, o exercício da violência, condenado pelos pressupostos dessa modernidade, será exercido por nós, contra nós mesmos e voluntariamente. Embora todos representemos diferentes ameaças uns aos outros, é sobre nós que recaí a *catharsis coletiva*, lembra? Nós somos o mal! — falou, dando ênfase à palavra "nós"

— Está atento a cada palavra mesmo. Incrível, André! — disse Fanon.

— Sem nossa contribuição há uma grave limitação do Estado na qualidade de ente capaz de exercer esse papel intermediário que você acabou de explicar — disse Gama.

— Porque, na verdade, *l'Etat ce sont eux*[7] — respondeu Rebouças.

— Justamente nesse ponto a agenda modernizadora se viu comprometida — disse Fanon.

— Sim. Já que, com essa forma de administração, o fluxo das riquezas provenientes de suas atividades manteve-se sob seu controle e o Estado permaneceu a serviço deles. Essa característica híbrida da terceira etapa se tornou um preço muito alto a pagar para a modernização proposta, seja no seu aspecto tecnológico, seja no seu aspecto estatal. Posso dizer que foi assim nos três maiores portos que conheci no século XIX: Londres, Marselha e Rio de Janeiro.

— Por isso você fala em transformação e manutenção simultaneamente, uma vez que os bodes se mantiveram representados no Estado e nas atividades privadas que desenvolviam. Foi assim que constituíram

---

[7] O Estado são eles.

e mantiveram a segurança de suas descendências, ou seja, de seus herdeiros. Como comparar isso com libertos, que passaram anos sendo separados e vendidos como propriedade? Os que, enquanto tudo isso acontecia, tinham sua libertação questionada, pois o sistema econômico, segundo os escravocratas, não suportaria o fim da atividade escravagista — disse Gama.

— Paradoxal, entretanto compreensível. Leitura dos fatos interessantíssima, André. Enfim, a chance de mudança, ou melhor, de modernização revestiu-se de uma aparência inovadora que ocultou a manutenção de velhos hábitos — disse Fanon.

— Sim, jogando-nos no fundo do abismo.

O FUNDO DO ABISMO

Fanon refletiu rapidamente sobre as palavras que Rebouças acabara de pronunciar e uma pergunta ficou martelando em sua cabeça. Como Rebouças desejava ser outra forma de ameaça, diferente daquela vivenciada pela violência física? Ele sabia que precisava respeitar os passos da "linha de orientação" que André estava propondo, mas não via a hora de retirar essa questão da manga no momento adequado. Seguiu interagindo com André:

— Concordo com você e você sabe disso. Um abismo psíquico e um outro político. Que desafio!

— Sei que concorda, Fanon, pois, além de você nos dizer que são essa ameaça, esse desejo e essa presença corporal que possibilitam a reciprocidade, você também disse que, para salvaguardar nossa humanidade, construímos valores como a liberdade. Mas que liberdade é essa que tanto queremos? Não pode ser a que nos oferecem, pois nessa, as correntes, os anjinhos, as golilhas e os pelourinhos se foram, mas ela, a tal liberdade, não está lá.

— Não que eu discorde, mas o que te leva a essa afirmação?

— Bem, Gama, quando nosso país não garantiu oportunidades aos recém-libertos, restou da igualdade apenas o discurso. Assim, a paridade do círculo em que estavam inseridos fez um liberto se achar igual a outro liberto em todo o infortúnio que lhes restou. Essa era a igualdade que se oferecia a eles. E isso os impeliu a se confrontarem para conseguir um salário de cem réis por dia no cínico *sistema de armazém*[8] que continuou funcionando em toda parte. Percebe a diferença? Aqui não havia fluxo

---

[8] O sistema de armazém é hoje conhecido como *truck system*. Nesse sistema o empregador mantém o empregado em trabalho de servidão por dívidas com ele contraídas. Essa condição é similar ao trabalho escravo, na qual o empregador obriga seu empregado a gastar seu salário em sua empresa.

por meio de cotas acionárias para dividir lucros ou prejuízos, tendo o Estado por retaguarda. Dessa maneira, concorrência, impessoalidade, hereditariedade jamais tiveram, teriam e sabe quando terão o mesmo peso sobre um liberto e um fidalgo.

Luís Gama, sempre provocativo e disposto a derrubar os muros que André havia construído ao seu redor, não se deu por satisfeito ao ver Rebouças sem sua túnica e seus sapatos brilhantes. Mais uma vez o interpelou de maneira contundente:

— Ninguém melhor do que você para descrever todas as vantagens conferidas a eles. Era o seu ambiente. O seu lugar de convivência. Por isso, ainda não me convenceu sobre a tal fragilidade.

— Todas as vantagens? Você me superestima. Não tinha essa pretensão! Nem acho que conseguiria. Mas vamos lá. Parece que o coelho ainda não saiu da cartola.

Todos riram na sala.

— Bem, Luís, de forma alguma, estava me referindo a todas as vantagens que eram conferidas a eles. Apenas falei dos extremos que essa situação implica. Isto é, daqueles que, pelo acúmulo de funções e de poder econômico, puderam ditar os itens da pauta da agenda de modernidade que lhes interessava, enquanto excluíam muitas outras pessoas de seus possíveis frutos. Na verdade, eu nem arranhei a superfície dos ganhos que a eles eram conferidos.

— Então, há mais? — perguntou Gama, de forma retórica.

— Sim, Luís. Há mais. Você sabe! Entretanto, eu não os incluiria em uma lista de vantagens alcançadas por meio da ação direta de estratégias desses indivíduos. O que tenho para dizer acaba sendo pior.

— Pior?

— Sim. Precisaremos entender que o Estado dito moderno, com suas tais cidades modernas e industrializadas, tornou esses grandes espaços arquitetônicos reprodutores da lógica de dependência dos miseráveis. Gradualmente, elas foram se espalhando pelo mundo.

— Sim, cresceram de forma espantosa — disse Fanon.

— Naquelas circunstâncias, ao duro e árduo trabalho escravo, tantas vezes e em tantos lugares, dito como indispensável à riqueza dos países que dependiam sistematicamente do escravagismo, conferiu-se a qualidade de trabalho livre e remunerado. Entretanto, ele foi negado aos recém-libertos e impedido aos africanos quando a reescravização atingiu aquele continente.

Essa era a fala que Fanon aguardava. Isto é, que tipo de oportunidade Rebouças desejava oferecer aos recém-libertos a fim de sublimar as diferentes formas de violência física a que sempre foram submetidos. Era a hora de retirar da manga o tema, mas ele não precisou se estender na elaboração, Rebouças queria falar.

— Conte-nos mais sobre isso — disse Fanon.

— O que estou tentando dizer é que a cada um devem ser dados os meios para prover seu sustento e sua verdadeira libertação. Quando a abolição aconteceu no Brasil, tão mal resolvida, eu me dediquei de maneira integral a propor recursos para os libertos. Sugeri que criassem uma associação territorial para a divisão das fazendas que estivessem hipotecadas, que abolissem os latifúndios, que aproveitassem as fazendas dos conventos. Dispus-me a trabalhar na subdivisão das fazendas hipotecadas aos bancos do Brasil e Predial para a divisão de terra em lotes para imigrantes e colonos nacionais.

— A questão da terra mais uma vez, certo?

— Sim, Fanon. E tudo que se ligasse a ela, como a promoção da instrução, a legalização da posse para colonos e imigrantes, a fim de que pudessem comercializá-la. Se assim desejassem, é obvio! Nos moldes do *Torrens Act* e do *Homestead Act*[9], vocês sabem.

— Sim. Mas é muito bom ouvir isso de você, pois sabemos que aquele foi um ano muito angustiante. Por outro lado, sabemos que sua aflição se converteu em uma intensa atividade em defesa dos libertos e dos imigrantes até a data de sua partida do Brasil.

— Eu sabia dos passos dados por eles e eles sabiam dos meus. Diante de todas as minhas reivindicações, a resposta não demorou a vir. O senado ganhou um novo presidente, o senador Paulino José de Sousa, representante das duas maiores oligarquias que logo dominariam a falaciosa república proclamada.

— Clima tenso e acirrado!

— Sim, Fanon. Mas eu não desisti. Reclamei ao ministro da Justiça contra o emprego da força armada nos conflitos entre fazendeiros

---

[9] Leis que regulamentaram a posse e a comercialização de terra pelos colonos nos Estados Unidos durante o século XIX.

e imigrantes e fiz uma moção por conta dos libertos que ocupavam uma fazenda em Guareí. Contudo, mais uma vez, sofri um triste revés com a autorização judicial de despejo, que levou à luta contra as forças policiais e à morte de dois dos ocupantes daquela fazenda.

— Bem, você estava apenas tentando fazer com que o acesso à terra e ao árduo trabalho chegassem àqueles que estavam desprovidos de qualquer sustento — disse Gama.

— Minha convicção era de que o trabalho livre seria capaz de recuperar os libertos de parte do embrutecimento provocado pela escravidão. Incluir o maior número possível no processo produtivo. Isso não era um favor, uma esmola ou uma caridade. Era, ou melhor, se não estiver enganado, pois não tenho a noção do tempo aqui, é uma dívida a ser paga que traz ganhos para toda a sociedade. Trabalhar para si, com o amparo necessário a essa atividade, seria um grande trunfo. Por isso, sugeri o acesso à terra com a legalização necessária.

— Correto. Faz parte de um conjunto de ações indispensáveis — disse Gama.

— E para ser sincero, Luís, apenas para corrigir sua fala anterior, essas ações não se restringiram ao acesso à terra e ao trabalho livre. Também havia planejamentos para a construção de um espaço urbano mais justo.

— Como definiu um uso mais justo desse espaço urbano?

— Bem, Fanon, isso passava por aumentar a autonomia dos municípios, que deveriam oferecer serviços de higiene, assistência pública, escolas maternais, escolas primárias e liceu de artes e ofício, entre outros serviços. As províncias também deveriam ter mais autonomia e o governo imperial se ocuparia apenas do indispensável: justiça, segurança, dívida nacional, relações internacionais. Mesmo a recém-criada Guarda Negra esteve entre minhas preocupações. Sugeri que ela deveria ser reorganizada a fim de evitar a violência e de constituir sociedades e clubes para a educação, a instrução e o aperfeiçoamento da raça negra.

— Mas esses planos e sugestões eram acolhidos pela monarquia?

— Caro Fanon, eu mesmo fiz uma cópia do projeto aditivo à Lei de Orçamento de 1890, mandando encetar o Cadastro do Território Nacional para entregar ao imperador. Esse seria um importantíssimo passo para a *democracia rural*.

— Ou seja, já havia planejamentos para o orçamento do ano seguinte quando o golpe aconteceu!

— Sim, Fanon. Quer saber mais? O próprio Teixeira Mendes, que viria a ser o idealizador da bandeira republicana, propôs, ainda em setembro de 1888, uma *ditadura republicana*, apoiando-se diretamente no povo, sob o comando de D. Pedro II.

— E você apoiaria um regime ditatorial? Contraditório, não é? Mesmo que se diga sob uma bandeira popular!

— Não. Jamais apoiaria. Não foi isso que quis dizer. Apenas tentei apresentar o termômetro, ou melhor, o clima de tensão vivido naquele momento. A sugestão de Teixeira Mendes, que também temia a reação dos escravocratas, é um indício disso e de que o imperador era visto como uma saída para tal situação.

— Duvido que realmente fosse — disse Gama.

— Verdade. Dificilmente. Não era o seu perfil. Bem, enfim, vocês sabem que isso não aconteceu e que a família imperial foi expulsa do país como uma desforra pela abolição e pelos planos que se desenvolviam.

— E assim nasceu a nossa República!

— Sim, Gama. Depois dita intempestiva pelo próprio Rui Barbosa. Fragmentada e loteada em seus princípios, diferentemente do território nacional, que permaneceu latifundiário e sem cadastro. A adversidade foi o que sobrou de igualdade entre os recém-libertos, que tiveram que barganhar sua sobrevivência com a miséria. Mas nem todos seriam submetidos ao perverso sistema de armazéns.

— O que quer dizer com isso?

— Bem, Fanon, como você mesmo disse, precisamos ser homens de ação. Mas, por enquanto, somos homens de reação a essa sistematização da miséria. As respostas dadas a ela não se limitam aos extremos que descrevi. Haverá a morte psíquica do homem branco e o uso da língua maléfica da noite. No entanto, também haverá aqueles que se aliarão ao homem branco e ao seu colonialismo, pois os revides a essa situação de miserabilidade terão um número diretamente proporcional à violência que sofremos pelo mundo. E muito me preocupa a maneira como estamos nos colocando nesse campo de batalha.

— E como você vê o teatro de operação, meu caro tenente engenheiro André Rebouças?

— Bem, Gama. Estamos aqui falando de liberdade enquanto um valor que se constrói em conjunto. Participar de um acordo generoso, inclusivo e responsável a fim de constitui-lo seria o melhor dos cenários. Mas as mudanças sociais, políticas e econômicas que venho descrevendo revelam nossa exclusão nesse contrato e restringem a liberdade a um *status* individualista, ilusório e fantasioso.

— O que quer dizer com isso? — perguntou Gama.

— No dia 13 de maio, nosso povo deixou de estar escravizado, desejando ser livre. Consequentemente, essa condição deveria proporcionar a máxima autonomia existencial aos libertos e às libertas. Assim, jamais deveríamos, por exemplo, entre muitos outros, discutir novamente sobre a liberdade de um ventre, como se ele não fosse parte de um corpo humano, a fim de proporcionar liberdade a outrem.

— Bem, André, estou acompanhado seu raciocínio. O escravagismo nos tornou diaspóricos e, como se não bastasse, nos reificou. Propriedades, coisas! — disse Gama.

— Sim! E continuamos sendo vistos como coisas. Por isso, após o 13 de maio, as condições de existência mais elementares, como comida, vestuário e abrigo, que eram garantidas quando aqueles homens e mulheres eram entendidos como propriedade, não lhes foi assegurada.

— Marca de um direito que nasceu e se consolidou primando pelo patrimônio em detrimento da vida. Da nossa vida! — disse Gama.

— Pois é, meu amigo. E gostaria de deixar bem explicado que não sou o detentor de um sentido para a liberdade. Muito pelo contrário, esse é um desafio incomensurável diante de tal abstração. Por isso é indispensável um acordo coletivo.

— Mas não há nem sombra disso naqueles dois acanhados artigos da lei de 13 de maio.

— Não, Luís! Estar livre tornou-se bem distinto de ser livre. Uma das mais complexas idealizações da humanidade foi encaixotada em fragmentadas soluções estanques. Passados quase vinte anos da Lei do Rio Branco[10], a brecha para tratar da abolição no meu círculo social era a mesma. Isto é, assim como se libertou uma criança, mantendo sua mãe escravizada, como se seu ventre não fosse parte de um corpo humano,

---

[10]   Nome da Lei do Ventre Livre.

concebeu-se a liberdade, enjeitando libertos e libertas, como se sua existência não compusesse o corpo social de nosso país.

— O fundo do abismo deve ser bem aqui, certo, André? — perguntou Fanon, que esteve atento a cada palavra de Rebouças.

— O fundo de um abismo que intensifica nossa condição de concorrência, fazendo com que muitas de nossas reações deem sentido a uma existência fundamentalmente conflitiva.

HERANÇA ANCESTRAL

Rebouças continuava pensando no que disse Fanon, acerca do fato de sermos uma ameaça uns aos outros. Esses pensamentos acarretaram sentimentos confusos sobre sua passagem pela África. Mas não se tratava de um esquecimento, a conversa com Luís e Fanon o fez revisitar cada sensação vivida naquela viagem.

Apesar da discrição de sempre, Rebouças transbordava de emoção. Era como se corressem novamente em suas veias a aflição vivida nos últimos dias em solo brasileiro, a frustração pela rejeição de cada projeto sonhado para o período após a abolição e a tristeza do exato momento do embarque no paquete que o levaria, definitivamente, do Brasil. Ao mesmo tempo, uma enorme alegria inundava seu coração, pois, naquele continente, ele acreditou poder recomeçar sua vida e retratar parte da dívida com seus ancestrais. Em meio ao misto de emoções, permaneceu em silêncio. De repente, foi interpelado por Fanon:

— Como saímos daí, André? — perguntou Fanon, referindo-se ao fundo do abismo descrito por Rebouças.

— Tenho a esperança de que somos capazes de recuperar laços e valores que podem evitar que nossa liberdade seja resumida à repetida representação dos mesmos personagens em uma encenação que não foi escrita por nós.

— Lindas palavras! Mas o que isso tudo significa? — perguntou Gama.

— Estar fora, excluído, nos expõe covardemente! Não é o que queremos, definitivamente! Entretanto, o destino dos libertos escancarou uma realidade para mim.

— Qual? — perguntou Gama.

— A finalidade é que sempre haja os de dentro e os de fora. Funciona assim!

— Quem seriam os de fora? Nem sei! — falou Gama.

— Por isso, não nos cabe, simplesmente, entrar — disse Fanon.

— Não! E, justamente, por estarmos à margem, essa situação nos impele a respostas criativas e solidárias. Sei que não é nada fácil! Mas se conseguirmos fazer esse tipo de escolha, poderemos trilhar outro caminho.

— Já entendi que você não está condenando a legítima defesa, nem a morte psíquica do branco e menos ainda a língua maléfica da noite. Mas que outro caminho seria esse? Parece que a responsabilidade é apenas nossa!

— Bem, Gama, pode-se armar todos os seres humanos da Terra pautados na ideia da ameaça que representamos uns aos outros. Não tenho dúvida que haverá aqueles que apostarão nisso, pois nunca faltará tiranos apostando na morte alheia como resolução de nossas diferenças. Da mesma maneira que você sabe quem são os de fora, também sabe que está no fronte! Evitar esse embate é meu primeiro objetivo.

— Desculpe, André, mas devemos entregar tudo de mão beijada? Aceitar a marginalidade e começar do lugar de onde nos deixaram no 14 de maio? A culpa da escravidão é nossa?

— Não! Não foi isso que quis dizer e lamento se não consegui fazê-lo entender. Procurarei ser mais preciso em minhas colocações.

Rebouças fez uma pausa, os ânimos se acalmaram e ele seguiu:

— Estava tentando resumir algumas ideias sobre o que falamos até agora. Entre essas ideias, meu primeiro objetivo é evitar o confronto que nos espreita devido à ausência de representatividade. Aquela que você mesmo identificou.

— Sim, afinal nós não estávamos lá, nas tais arenas pacíficas.

— Some a isso aquilo que Fanon vem nos dizendo insistentemente. Reagimos a essa exclusão das formas mais diversas, inclusive contra nós mesmos. Essas reações são esperadas, desejadas, premiadas, há uma libré ou algum tipo de reconhecimento quando reproduzimos a lógica dos de dentro e dos de fora. Pior! Para muitos parecerá não haver outra lógica a se reproduzir.

— Mas nós sabemos que isso não é verdade. A análise que fiz de René Maran, por meio de seu personagem Jean Veneuse, e de Mayotte Capécia nos dá prova disso.

— Sim, Fanon. Porém é nesse ponto que, em meu entendimento, se coloca o maior desafio à sua concepção do *Homem de Ação*. René Maran, Veneuse, Capécia, Gama, você e eu somos, antes de tudo e inevitavelmente, diaspóricos. Juntamos as muitas peças de um quebra-cabeça sem conhecer sua imagem.

— Acredito que, em meio a tantas peças, tenha mais de um quebra-cabeça misturado — disse Gama. — Continue, André, isso está ficando interessante.

— É bem possível, Gama. O que vimos em Veneuse e Capécia e vivemos em nossas vidas foram tentativas de juntar essas peças, conformando algum sentido à imagem que se retratava para nós. Mas não há dúvida que fui generoso! Há muitos quebra-cabeças em meio às peças da dispersão forçada do nosso povo e do silenciamento de nossa cultura.

— Gostei da metáfora, André — disse Fanon.

— Mas eu ainda não terminei — disse Rebouças.

— Prossiga, por favor.

— Não quero que nossa participação comece de onde nos deixaram no 14 de maio. Tenham certeza disso! Muito pelo contrário. Lembram-se quando falei que entre meus textos favoritos estava aquele que tratava da abolição da miséria?

— Sim — falaram simultaneamente.

— Vocês acham que eu não sei quem eram os miseráveis naquela ocasião?! Bem, inspirei-me em Jean-Baptiste André Godin para realizar aquele registro. Agora trago uma excelente reflexão dele para descrever o momento que vivíamos. Em linhas gerais, ele nos disse que, apesar do sentimento revolucionário de nossa época, a sociedade continuou a colocar a autoridade e a direção das mudanças de nosso período sob a mesma tradição da hereditariedade e da sucessão.

— Três palavras extremamente complicadas para diaspóricos recém e tardiamente libertos: tradição, hereditariedade e sucessão, pois a sua tradição foi interditada ou obliterada. Sua hereditariedade corrompida, violada e violentada. Enfim, sua sucessão condenada ao libréralismo. Gostei dessa palavra quando você usou pela primeira vez — falou Gama, abrindo um sorriso discreto em direção ao André.

Rebouças devolveu o gesto e seguiu:

— Dessa forma, segundo Godin, esse suposto novo modelo de sociedade, após ter a oportunidade de se livrar de uma aristocracia fundada sob o acúmulo do trabalho servil, se viu pronta para reconstituir-se sob uma aristocracia fundada sobre o acúmulo do trabalho assalariado. E assim a indústria se constituiu a partir de um legado de servidão e de privilégios análogos àqueles do senhor sobre seus servos.

— Um negócio de família! Apinhar, ajuntar, armazenar indefinidamente — disse Fanon.

— Não quero que a responsabilidade e o esforço para resolver o problema, diga-se de passagem, que não criamos, sejam todo nosso. Mas antes de qualquer coisa, sendo livres ou ao assumirmos a condição de libertos, precisamos definir em função do que reunimos, ou seja, acumulamos as peças do quebra-cabeça existencial que montamos cotidianamente.

Gama e Fanon observaram Rebouças se levantar mais uma vez do divã e falar entusiasmado.

— Ser mulato, pardo, *sang mélé*[11] ou preto é uma parte do todo de um agressivo encontro racial. É a peça em meio ao conjunto. Compete, mas não determina. Tentaram e tentam nos definir a partir desse critério a fim de nos excluir. É preciso entender que aquilo que somos ou negamos ser não se define em função de desejarmos estar dentro, mas de estabelecer que não existam os de fora.

Ao pronunciar as últimas palavras daquela frase, Rebouças notou que seus interlocutores tinham os olhos fixos nele. Percebeu que estava exaltado, diferente de seu costume. Encaminhou-se devagar para o divã antes de encerrar seu discurso e quando terminou já estava sentado. Um silêncio tomou conta da sala, eles se entreolharam e, repentinamente, Gama falou:

— Este tal de paraíso deve ser pequeno demais, pois poucos podem voltar para ele depois da expulsão e da imposição do trabalho como castigo.

Gargalhadas tomaram conta da sala. Eram risadas motivadas pela tamanha mesquinharia dos termos racistas impostos naquele contrato social. Condições que não podiam ser aceitas e que não deviam balizar suas vidas a serviço do jogo de cartas marcadas e dos lugares preestabelecidos.

— E não seremos nós, os bodes expiatórios, que entraremos lá! — disse Fanon.

---

[11] Sangue misturado. Mestiço.

— Excelente analogia, Gama — disse Rebouças, e continuou: — Mas é estranho ouvir o Fanon dizer "lá". Não seria aqui? Ou não estou onde acho que estou?

Mais gargalhadas ecoaram pela sala, quando o entusiasmo passou, Rebouças prosseguiu:

— Bem, de fato, o "lá" está justíssimo, pois acreditávamos que poderíamos resolver os problemas de nossa época e projetar um paraíso terrestre. Mas há algo muito intrigante nisso.

— O quê? — perguntou Gama.

— O paraíso era uma realidade cada vez mais frequente para aqueles que, baseando-se na exploração, acumulavam riquezas controladas por uma representatividade que não abandonou os laços hereditários, como disse Godin. Em contrapartida, a inclusão no paraíso para os miseráveis era uma condição a ser atingida por meio do exercício de uma liberdade individualista e de uma representatividade impessoal.

— Haja *prostração opaca* e *paciência sensata*! — falou Gama, fazendo, novamente, referência aos versos de Césaire.

— Escravizaram nossos antepassados, condenando hábitos, credos, filosofia, ciência, estética, cultura, descendência e ancestralidade. — Rebouças disse cada uma dessas palavras com uma cadência que se acelerava, enquanto esmurrava sua própria mão aberta, concluiu pausadamente: — Enfim, condenando toda sua humanidade.

Fanon se mostrava atento à reação de Rebouças e Gama tinha um brilho nos olhos ao ver aquele comportamento do engenheiro. André estava assimilando o aspecto pessoal do escravagismo que presenciou no Brasil e em solo africano. A despeito de suas apostas, de ser um intelectual e um cientista, compreendeu que não haveria, absolutamente, uma resolução imparcial, impessoal, cartesiana, enfim, científica para aquilo que foi produzido com chicotes, golilhas, anjinhos, viramundo, mordaças, pelourinhos, palmatória, máscaras de ferro.

— Acham, realmente, que estão nos dando alguma coisa com isso que chamaram de liberdade? Não nos dão nada! Por quê? Porque não podem nos dar aquilo que sempre foi nosso. Não existe liberdade em uma existência solitária destinada a disputar cada aspecto da vida.

— Sim, Rebouças. Nessas condições, mesmo em conjunto, sempre estaremos solitários disputando a terra, o alimento, o tempo e o sentido que damos à relação que estabelecemos com tudo aquilo que desejamos — disse Fanon.

—Confesso que, ao chegar à África, não tinha essa consciência. Queria ajudar! Contribuir de alguma maneira! Mas eu que precisei ser reinventado. Reconhecer minha negritude e, de alguma maneira, ligar-me à minha herança ancestral. Não sei se consegui. Talvez tenha falhado.

— André, não me parece que falhou. Pode não ter se dado conta, mas está em suas palavras. Como acaba de nos dizer, o estabelecimento da escravidão não esteve isento de questões pessoais, sua resolução e de seus resquícios não se dará por meio de uma representatividade imparcial ou impessoal agravada pela nossa ausência. Que se retratem pelos mesmos motivos que nos condenaram: por sermos negros, por nosso credo, nossa filosofia e nossa ciência. Deviam sentir falta disso mais do que qualquer um, pois da nossa liberdade cuidamos nós — disse Gama.

Rebouças se manteve pensativo, em silêncio. Fanon olhava fixo para suas anotações e refletia sobre o que André considerava uma falha. Então, não perdeu tempo e o interpelou:

— Quer falar mais sobre isso?

— Podemos falar mais adiante. Agora quero concluir meu raciocínio.

A MANIFESTAÇÃO DO ÓDIO

Segundo a teoria de Fanon, a ameaça precisava ser mútua, mas, para Rebouças, ela não necessitava estar baseada nos mesmos princípios, pois a típica violência e exclusão presentes no processo de dominação servil e escravagista não deixaram de existir, apenas redefiniram a atuação de suas vítimas e seus algozes. O fim do regime jurídico da escravidão não foi suficiente e sua tácita conciliação menosprezava qualquer reciprocidade.

— Quanto ao paraíso, não fomos expulsos de lá, pois nunca estivemos naquele lugar. Logo, temos que nos desvencilhar dessa ideia de um paraíso sem trabalho ou do trabalho como castigo. Devemos tê-lo como um direito que tentam nos roubar, exercê-lo de maneira livre em nosso proveito, conforme nossa capacidade e desejo. Não ter acesso à terra e não poder exercer nosso trabalho livre é que faz possível o paraíso deles e o nosso inferno — disse Rebouças.

— Sim. Mas eu não renunciaria aos recursos tecnológicos que a engenharia, que você ama tanto, construiu, constrói e construirá a partir de uma riqueza que se acumulou com o nosso trabalho.

— Gama, concordo com você. Mas quero dizer outra coisa sobre a analogia que fez. Depois volto a essa questão da tecnologia.

— Perfeito. Então siga, André!

— Sei que soa arrogante falar de um paraíso na Terra e, certamente, é um exagero.

— André, não estamos num tribunal e compreendemos o que quer dizer. Relaxe! — disse Gama.

— Verdade! Bem, muitos avanços podem ser constatados, já dissemos que eles servem ao propósito de alguns poucos e que não somos convidados para essa festa. Isso, certamente, se deve ao recalque ou à fobia tão falada por Fanon.

— Entre outras coisas — disse Fanon, de forma sucinta, observando cada detalhe da intensa interação entre Gama e Rebouças.

— Como se não bastasse, há uma mitologia que os torna eleitos para a colonização do mundo em detrimento da experiência de outras populações. A miséria produzida por esse tipo de colonização dificultará, para muitos desses miseráveis, uma justa partilha dos frutos do trabalho no mundo industrializado — disse Rebouças.

— Essa foi a percepção que tive de sua fala, quando descreveu sua luta por condições melhores após a abolição da escravidão, nas mortes ocorridas na fazenda de Guareí, no trabalho feito no *sistema de armazém,* enfim, na permanência de uma condição similar a escravidão — disse Gama.

— Sim, meus caros. Aí está meu problema! Continuamos sob ameaça e ela não é recíproca. Deixamos de estar escravizados e nos tornamos reféns dessa "liberdade".

— Está parecendo o Fanon falando, Rebouças!

— Vamos lá! O que quero dizer é que, a partir do 14 de maio, a legitimidade da insatisfação com a escravidão foi substituída pela legalidade deplorável, imoral e indecorosa da libertação. Entendem?

— Libertação jamais foi liberdade! Fui livre e liberto. Sei a diferença. Não foi justo admitir que tudo estava resolvido em igualdade de condições — disse Gama.

— Igualdade, essa é a palavra! Depois de passarem anos negando nossa libertação, aqueles que nunca haviam trabalhado achavam que igualdade era se tornar tão ocioso quanto eles. Por isso pensavam que queríamos os seus privilégios — disse Rebouças.

— Sim! Talvez nem saibam a diferença — disse Gama.

— Não sabem, pois, sempre que lutamos por igualdade, eles pensam que estamos reivindicando a autopiedade, que sempre os preservou de uma boa labuta. Como se não bastasse, buscam conter nossa insatisfação tentando fazer com que nos sintamos culpados — disse Rebouças.

— Queria ser tão polido quanto você, André! Como consegue palavras tão brandas para se referir a eles? Fico pensando no vagabundo do meu pai sentindo pena de si mesmo por ter perdido nas apostas, enquanto transferia sua culpa para mim. A manutenção de seu vício e de seu privilégio branco foi paga à custa de eu ser uma criança negra. Que pagasse com a vida dele e não com a minha!

— Pois é, Gama, da mesma maneira que não alcançam a diferença existente entre igualdade e privilégio. Também não conseguem ver que precisam pagar por seus vícios, em vez de ostentá-los e reivindicá-los.

— Pois, como meu pai, eles sabiam que havia um meio de pagarmos com nossas vidas e não com as deles.

— Por isso nos restaram trabalhos por jornada com remuneração mínima. Jornadas de onze, doze e treze hora. Trabalho infantil. Moradias insalubres. Mesmo com tanto trabalho, as necessidades básicas não eram satisfeitas. Só havia um meio.

— Trabalhar mais!

— Muito mais. Os caronistas apenas lavaram as mãos!

Havia muita raiva naquelas palavras de Rebouças. Fanon continuava ouvindo em silêncio cada palavra, enquanto folheava seu bloco de anotações.

— Começo a entender aonde você quer chegar.

— Por isso, ainda precisamos nos tornar uma ameaça. Não somos! Devemos cuidar de nossa liberdade, como você disse. Mas não sob os termos que acabo de dizer, pois dessa forma continuamos a reproduzir a ameaça que sempre recaiu sobre nós.

Ao terminar de ouvir aquelas últimas palavras, Fanon enfim resolveu fazer uma intervenção mais longa:

— Deixem-me dizer uma coisa.

— Sim — respondeu Rebouças.

— Estou aqui ouvindo as colocações de vocês e me lembrei de algo que penso ser relevante dizer agora.

— Então diga! — falou Gama.

— Diferentemente de Capécia, Abdoulaye Sadji escreveu um romance chamado *Nini*.

Fanon se virou para Rebouças e prosseguiu:

— Entendo sua indignação! Verdadeiramente, não devemos ser gratos por essas concessões, por qualquer benevolência ou pelas migalhas que caem da mesa. Sadji nos presenteou com uma excelente descrição da possível conduta dos negros diante dos europeus.

— Parece que teremos mais alguém nessa conversa — disse Gama.

— Não. Nesse caso quero ler, se me permitem, um registro que eu fiz sobre esse romance em um dos livros que escrevi.

— Obviamente — disse Rebouças.

— Leia, Fanon!

Fanon revirou suas anotações e começou a leitura:

Eles não têm a coragem de odiar, ou não a tem mais. O ódio não é dado, deve ser conquistado a cada instante, tem de ser elevado ao ser em conflito com complexos de culpa mais ou menos conscientes.

— Senti a raiva em suas palavras agora há pouco, André. Logo me veio à mente esse trecho — disse Fanon, apontando para suas anotações.

— Sim, Fanon. Esse é o sentimento! É como se todo o ódio, que sempre alimentaram contra nós, tivesse desaparecido e restasse apenas a culpa. Nossa culpa! Como eles foram competentes — disse Rebouças.

— Sim, André! O ódio que tentam esconder, mas que ainda está lá.

— Esconder? O que quer dizer com isso, Gama? — perguntou Rebouças.

— Coisas dos bodes! Como democracia racial, todas as raças são iguais; somos uma só raça, raça humana. Redescobrem a roda todos os dias. Aquela mesma que haviam destruído. Só não conseguem assumir a culpa que a todo o tempo tentam nos imputar.

— Imagino que não deva ser nada fácil rejeitar a culpa que tentam nos atribuir — disse Rebouças.

— Nem um pouco! Infelizmente, muitos viverão se desculpando pelas dificuldades encontradas em assumir o modo de vida deles. Outros serão dominados pela ensandecida corrida de ser melhor do que eles em tudo — disse Fanon.

— Merecemos uma sorte melhor — bradou Gama.

— Então, escutem mais um trecho:

O ódio pede para existir e aquele que odeia deve manifestar esse ódio através de atos, de um comportamento adequado; em certo sentido, deve tornar-se ódio.

— Esse mito da democracia racial associado a teorias como a eugenia, a frenologia, o branqueamento é apenas umas das faces desse ódio. Mas, como acabo de ler, o ódio pede para existir e se manifestar por meio de atos, de um comportamento adequado. Por isso, os linchamentos e a segregação.

As últimas palavras proferidas por Fanon retratavam as dificuldades vivenciadas por André no meio social em que viveu e em suas experiências transatlânticas. Ao ouvi-lo, lembrou-se de temer ser visto como um ingrato e de que não acreditava em tamanha segregação nos Estados Unidos. Mas agora ele tinha uma percepção mais ampla dos tipos de ódio aos que estava submetido. As publicações racistas nos jornais, a carta anônima enviada ao conde de Estrela[12], a arrogância da viúva do marquês de Olinda, os constrangimentos passados durante sua ida a Nova York.

— Não foi nem é meu objetivo tratar nessa conversa do negro enquanto um objeto fobógeno e ansiógeno. Minha intenção sempre foi permanecer nos autores e personagens já citados. Mas foi inevitável abrir esses parênteses ao ouvir a interação entre vocês — disse Fanon.

— Certamente é um assunto mais complexo do que essa intervenção que você acaba de fazer — disse Rebouças.

— Sim. Tenha certeza disso — respondeu Fanon.

— Entretanto, é extremamente pertinente considerar esse ódio, seja velado seja ostensivo, como um elemento constitutivo das relações estabelecidas em uma sociedade desigual, que preza pela liberdade como um princípio individualista.

— Também é pertinente saber se, depois dessa conclusão, ainda falamos com um Rebouças pacifista — disse Gama.

---

[12] Quando Rebouças assumiu a gerência da doca Dom Pedro II, o presidente da companhia, o conde d'Estrela, recebeu uma carta anônima questionando como um descendente de português poderia se misturar com um mulato.

TECNOLOGIA E GESTÃO

Depois da fala de Gama, André Rebouças rememorou em silêncio por alguns segundos a estrada longa e sinuosa que percorreu. Lembrou-se dos anos de muito estudo em sua infância, de sua formação em obras hidráulica na Europa, de cada instante de aprendizado e de como aquelas instruções ainda alimentavam a esperança de um mundo novo e melhor. Recordou-se da convivência e da cumplicidade com seu amado irmão Antônio e de seu querido pai. Sentimentos afetuosos que por muito tempo permitiram ignorar o ódio e sustentar sua resistência. Depois de sua breve reflexão, Rebouças respondeu à questão de Gama:

— Indubitavelmente mantenho-me um pacifista e agora vou falar um pouco mais sobre isso.

— Sou todo ouvidos — disse Gama.

— Será interessante, pois, nas circunstâncias que acaba de descrever, a modernidade se constituiu em uma nova e ampla modalidade de exploração do homem pelo homem, tornando medíocres as concepções de liberdade e de igualdade — disse Fanon.

— É o que pretendo mostrar, pois o paraíso terreno estará diante dos olhos de nosso povo, com riqueza e tecnologia, mas quase sempre inatingível ou a um preço elevado demais. A chance de alcançarem um lugar nesse sonho será tanto quanto mais palpável à medida que estiverem dispostos a explorarem um outro miserável em nome de uma liberdade individualista — disse Rebouças.

— Então, não se trata unicamente das chances que se tem, mas do preço que pagamos por elas. E quanto menos chance se tem, maior é o preço a se pagar.

— Sim, Fanon. Eu estou entre aqueles que tiveram boas chances, diferente de muitos daqueles que precisaram e precisarão conviver com uma pobreza que cobra a própria vida como preço. Isso faz com que o Gama não acredite em uma possível fragilidade em minha condição.

— Entretanto, estou aqui pacientemente. Pacientemente? Bem, exagerei! Mas estou aqui te ouvindo. Foi o que quis dizer.

Rebouças sorriu, pois, àquela altura, ele já entendia que as posturas de Gama não se limitavam a posicionamentos pessoais. Eram provocações que buscavam seus mais íntimos sentimentos.

— De toda forma, quando usei o termo "fragilidade", quis dizer que todas as coisas que concorreram para minha formação, repentinamente, perderam o sentido. Me senti um prisioneiro de minhas próprias capacidades e de todos os anos de estudos realizados. O que eu tinha de melhor a oferecer me retiraria daquele abismo, arremessando muitos de nossos irmãos. Como eu disse, jamais faria uma coisa dessas.

— Por que não?

— Bem, Fanon, eu sabia que a engenharia tinha muito mais a oferecer do que o trabalho árduo. Por isso, nunca desisti da ideia de que a tecnologia precisa estar à disposição de todos. Como quando quis levar água até a casa das pessoas com a concessão da companhia de água, mas o imperador achava um exagero.

— Ele, certamente, não buscava água nos chafarizes da cidade nem era um tigre[13] transportando o esgoto até a praia — disse Gama.

— Não mesmo! Bem, assim percebi que a engenharia me permitiria abrir uma porta, mas eu teria que a fechar depois de entrar. Não estava disposto a me silenciar, a ser conivente, cúmplice, omisso. Esse preço, eu não quis pagar. E, por isso, parti.

— E o seu país tornou-se uma república ainda menor sem você, meu caro. Muitos de seus aliados ficaram. Você também poderia ter sustentado a luta por lá.

— Sim, Fanon, mas resolvi travar meu combate a distância e embarcar em outro sonho. Talvez acreditasse que se tratava de um problema exclusivo do Brasil. Enfim, eu precisava de algumas respostas. Confesso que me faltou força para suportá-las.

---

[13] Nome dado aos escravizados que transportavam barris com dejetos das residências até a praia a fim de despojá-los. O conteúdo dos tonéis, fezes e urina, vazavam e marcavam suas peles devido à ureia e à amônia.

— E o que resta, então, para nós? Nem terra. Nem trabalho digno. Nem tecnologia. O que fazer, meu caro Rebouças? Ficar à espera da morte? — perguntou Gama.

— Ou de todo tipo de morbidade que cerca a vida dos miseráveis? — reforçou a pergunta Fanon.

— Sinceramente, eu não tenho as respostas e vocês sabem disso. Mas muitas coisas me vêm à cabeça quando ouço questões como essas.

— Diga uma ao menos — pediu Gama.

— Podemos voltar à sua fala sobre a tecnologia e de que não devemos desistir dela. O que acha?

— Vamos lá.

— Bem, Gama, primeiro penso no motivo de meu amor pela engenharia e me dou conta que essa paixão acaba sendo universal, pois, seja como criadores seja como usuários, todos acabamos de alguma maneira reverenciando as invenções.

— São fascinantes! — disse Gama.

— Acredito que esse fascínio se deve ao fato de que, normalmente, elas potencializam nossas características biológicas humanas. Tornam nossa comunicação mais rápida e eficaz, como no caso do telégrafo. Permitem que possamos atingir velocidade antes impensáveis sobre a terra e sobre as águas, como no caso dos navios a vapor e das ferrovias, fazendo com que nossas viagens sejam regulares e agendáveis.

— Adquirir ou ter acesso a um recurso tecnológico que pode estar em nossas roupas, comida ou outros tipos de instrumentos dá-nos a sensação de integrar-se a um novo mundo de pessoas mais capazes — disse Gama.

— Mas não podemos nos esquecer que essas invenções potencializam tanto nossas virtudes quanto nossos defeitos — disse Rebouças.

— Confesso que estou mais preocupado com o fato de não as ter, pois, como você disse, se elas potencializam seus detentores, consequentemente, remetem aqueles que não as têm a algum tipo de subordinação — disse Gama.

— E o que buscamos é o pertencimento ao conjunto da sociedade e não a submissão a uma parte dela — disse Fanon.

— Eu os entendo, meus amigos. Essa também é minha preocupação. Mas o que acabamos de dizer acontece de forma conjugada. O advento de novas técnicas e tecnologias causam esse impacto, ou seja, potencializam uns e submetem outros — disse Rebouças.

— Sempre foi assim. Pensem em qualquer inovação. Estou dizendo algo errado?

— Bem, Gama, estou falando daquilo que vivenciei. Não sei se será sempre assim. Talvez vocês saibam — disse Rebouças, sentindo que estava sendo provocado mais uma vez, e continuou: — Mas para mim e para alguns outros, o desafio estava, justamente, em definir que não houvesse os submetidos, os carregadores de água, os tigres.

— Enfim, que as tecnologia não continuassem a reproduzir a lógica dos de dentro e dos de fora.

— Sim, pois, como engenheiro, minhas convicções faziam-me acreditar que esse era o motivo fundamental e primordial de sua existência. Mas não era tão simples assim!

— Por que diz isso, André?

— Bem, Fanon, porque toda ideia ou inovação se insere em um mundo não abstrato, real, com experiências históricas já constituídas. Todas as relações que já falamos, vassalagem, servidão, escravidão, não são rompidas pela chegada de um novo instrumento tecnológico.

— Pior! Seguindo seu raciocínio, podem ser agravadas por utilizarem uma nova roupagem.

— Sim, Gama! Nesse sentido gostaria que entendessem que não estou negando a importância do acesso à tecnologia. Entretanto, mais uma vez, é preciso entender que esse acesso não deve acontecer a todo custo e precisamos geri-lo a fim de que não fiquemos cegos pelo poder que ele nos proporciona. Pode parecer tolo, mas é essencialmente humano e se forjou como uma isca na armadilha que fomos presos. E isso me leva a outro pensamento — disse André.

— E qual seria? — perguntou Gama.

— Bem, se já compreendemos que somos concorrentes, mas que não precisamos viver sistematicamente num confronto em busca de acesso. E que esse confronto impõe um preço tanto quanto mais alto à medida que se é mais miserável.

— André, pare de me cozinhar e fale, homem! — disse Gama.

— Achei que aqui tínhamos todo tempo do mundo — alfinetou Rebouças.

— Não é uma questão de tempo e sim de temperamento. Se não fosse assim, não seria o Gama!

— Ainda bem que você entende, Fanon — disse Luís.

Eles sorriram e André continuou:

— O que estava tentando dizer é que, de tudo que a escravidão nos tirou, o mais perverso está naquilo que ela continua a tirar. Passado, história, trabalho, crenças e costumes. Tudo que nos restou foi ser um nego, negrinho, neguim!

— E se passamos quatro séculos nessa condição, espero que não sejam necessários outros quatro para sairmos dela — disse Gama.

— Ao me tomar por essa questão, eu sabia que não podia recuperar o que nos foi tirado. Então, entendi que ser negro tem que ser muito melhor do que aquilo que reservaram para nós!

— Quando nos mobilizamos nesse sentido, normalmente, somos acusados de racistas antirracistas. A libré é aceita, mas a negritude reivindicada é temida e condenada. Recebi esse golpe de um amigo dos povos de cor. Ele disse que a *negritude existe para se destruir; é passagem e ponto de chegada, meio e não um fim último. Preparação a realização do humano em uma sociedade sem raças* — disse Fanon.

— Certo ou errado, há algo inescapável em sua colocação, o fato de que a negritude deve existir. Se há uma ferida que o tempo poderá curar, que assim seja, mas a cicatriz nunca se apagará — disse Rebouças.

— Bem, mas como ser negro poderia ser bem melhor do que aquilo que reservaram para nós? — perguntou Gama.

— Haverá aqueles que atuarão na filosofia, outros na história, na religião, na ciência, nas artes, na educação e na saúde de nosso povo. É um grande desafio e vamos precisar de todos que estiverem dispostos a ajudar. No meu caso, eu quis atuar sobre o que continuam tirando de nós: os ganhos do nosso trabalho!

— E como fez isso? — perguntou Fanon.

— Certamente por meio de uma guerra — brincou Gama.

— Sim. Enfim, chegamos à circunstância que compreendo que o confronto é inevitável e sangrento!

— Sério?

— Não!

Todos riram na sala e, definitivamente, podia se dizer que Rebouças estava confortável com o ambiente e com seus interlocutores. Assim, seguiu em sua fala:

— Mas lembram-se da caixa de socorros que tentei implementar nas companhias de docas que gerenciei?

— Sim.

— Gostaria de voltar a falar nela, pois penso que são o melhor exemplo do acesso a uma tecnologia e à sua gestão. Dessa forma, podemos ser melhores!

— Siga, André.

— O surgimento da caixa de socorros não se deu de forma tranquila e aqui estava o campo em que devíamos travar uma guerra, pois seu surgimento não se deu por benevolência dos donos das indústrias. Nem de longe.

— E como foi? — perguntou Gama.

— Ela se deu no lapso entre a extinção da servidão, da escravidão e a necessidade de regulamentação da atividade de trabalho a partir de um novo entendimento. Isto é, o trabalho livre! E essa guerra colocou questões na cabeça de empregadores e de empregados.

— Que tipo de questão?

— Bem, Fanon, para os industriais as perguntas eram: como impor o trabalho a fim de auferir ganhos? Muitos ganhos! Como fazer trabalhar? Eles são livres agora! Mas isso não seria muito difícil para os empregadores. Já para os operários, as questões eram outras: como ter trabalho? E quando tinham, se perguntavam: por que esse trabalho não basta?

— Nessas circunstâncias, as novas relações de trabalho eram vistas a partir de campos opostos no que se refere a um aspecto central, à repartição de seus ganhos. O que e quanto cabe a cada um — disse Gama.

— Sim, esse era o problema fundamental do novo tratado da economia industrial e daquele modo de vida. Como fazer que o trabalho seja produtivo, efetivo, vantajoso e quiçá prazeroso para todas as partes envolvidas?

— Questão intrínseca ao trabalho enquanto uma atividade livre, pois, se antes o nosso trabalho era roubado em favor de um senhor, nada mais justo que regulamentar a partilha dessa nova forma de trabalho a fim de que não nos matemos por conta do que é nosso direito — disse Gama.

— Por isso entendo que há um campo de batalhas a ser conquistado, mas ele está na constituição de novas relações de trabalho. E há duas etapas nesse procedimento. A primeira etapa se trava no estabelecimento da disciplina e das regras que normalmente o trabalho nos impõe. Impossível exercer uma gestão justa da atividade industrial, com tantas pessoas envolvidas, sem que haja regras. E esse foi o primeiro ponto nevrálgico da disputa.

Rebouças mais uma vez falava de forma muito entusiasmada e parecia reviver sua época de empresário e gerente de grandes companhias. Prosseguiu em sua fala:

— Horas de trabalho, entrada, saída, cuidado e emprego dos materiais e as condições nas quais o produto e o trabalho devem ser obtidos. Esses eram os parâmetros a serem ajustados. Eles marcariam o desempenho que se traduziria em indenizações pecuniárias para o pagamento do produto, do trabalho, das multas e das deduções impostas por infrações a essas regras ou aos trabalhos malfeitos.

— Mas sabemos que, nesse cenário, os donos das fábrica deram-se o direto de apropriar-se das multas e indenizações, entendendo que as infrações das regras causavam prejuízo à sua fábrica — disse Fanon.

— Por outro lado, os trabalhadores se sentiram prejudicados, pois se erravam pagavam multa. Mas quando acertavam e produziam trabalhos bem-feitos, não tinham direto à participação nos lucros. E assim o trabalho continuou a ser roubado — disse Gama.

— Sim. Sua fala e a do Fanon contemplam perspectivas opostas nessa relação dialética, ou seja, estamos tratando, justamente, de como se configurou o processo de repartição do trabalho. Nessa primeira etapa foram estabelecidas as regras e podemos ver que os envolvidos na produção se puseram em campos opostos. Na segunda etapa se dá o ponto nevrálgico, o divisor de águas no estabelecimento de novas relações de trabalho.

— Meu sangue ferve. Siga, André — disse Gama.

— Tudo bem. Vamos lá. Sem mais delongas. Foi dessa queda de braços acerca do entendimento do uso a ser feito das multas e deduções que nasceu a caixa de socorros, a fim de evitar o descontentamento dos trabalhadores, pois inicialmente elas eram utilizadas em proveito do dono da fábrica. Mas, devido às queixas dos trabalhadores, elas passaram a destinar-se à formação de um fundo para os casos de acidentes e doenças dos trabalhadores.

— Enfim, vencida uma batalha! — disse Gama.

— Mas esse fundo, normalmente, era insuficiente para essas demandas e os donos das fábricas impuseram uma dedução ao salário dos trabalhadores para complementar o fundo.

— Do salário? Perdida outra batalha!

— Sim, Gama, do salário. Mas aqui, então, constitui-se um novo campo de batalha, pois os fundos, embora se destinassem à proteção dos trabalhadores, ficavam sob a gestão dos donos das fábricas.

— Outra derrota? Impossível ganhar essa guerra!

— Pior. Os trabalhadores aceitavam essa condição como se o socorro parecesse uma gratificação ou uma generosidade do dono da fábrica — disse Rebouças.

— Quase uma tutela! Você só pode estar brincando. Acho que é hora de voltarmos ao confronto inevitável e sangrento, não? — sugeriu Gama, num tom bem-humorado.

— Precisamos nos vigiar o tempo todo. A librê sempre estará à nossa espreita — disse Fanon.

— É necessário dizer e lembrar que tudo isso que descrevi até agora foi retirado dos registros de Godin.

— E o que ele fez que te impeliu a estudá-lo e a seguir seus passos nesse caso da caixa de socorros?

— Gama, seu tratado de economia industrial é um feito ímpar. Ele trata dessas questões e de muitas outras com o objetivo de harmonizar, ou melhor dizendo, de associar produção de trabalho e liberdade.

— Pode ser mais explícito? — perguntou Fanon.

— Fanon, ele realmente fez muitas coisas. Mas, nesse caso específico, ele criou um *comité composto por seis membros eleitos por trabalhadores da usina: dois montadores, dois moldadores e dois de qualquer outra oficina,* para administrar o fundo. Em linhas gerais, Godin acreditava que poderia romper com o legado de servidão e de exploração que impregnava a concepção de trabalho. Seu objetivo era que as partes envolvidas se entendessem como sócias na atividade industrial. Dessa forma, seria possível associar acesso e gestão.

— Desculpe, mas não consigo conceber tanta benevolência. Por que um dono de fábrica se preocupou tanto assim? — indagou Gama.

— Por quê? Porque ele foi um trabalhador do chão da fábrica, um serralheiro, que se tornou o mais bem-sucedido no mercado de equipamentos para aquecimento de residências. Por quê? Porque seu aprendizado profissional se deu no ambiente da *compagnonnage*, que estava intimamente ligada ao movimento dos trabalhadores franceses no século XIX. E porque ele, em seu intuito de abolir a miséria dos trabalhadores, se dispôs a correr riscos. Conhecendo os limites das ideias de seu tempo, procurou ser o mais pragmático possível.

— Agora entendo melhor sua insistência em tentar implementar essas caixas em suas companhias de docas — disse Gama.

— Sim, meu caro. Sei que isso ainda está, ou melhor, estava longe, muito longe da perfeição. Se é que existe uma. Entretanto, muito me agrada o aspecto estrutural desse tipo de solução.

— Por quê?

— Bem, Fanon, considero que instituir respostas que possibilitem integrar esses campos oposto das novas relações de trabalho podem evitar uma divisão injusta das riquezas produzidas.

— Sim, André. E suas colocações foram precisas. Pude entender sua perspectiva acerca do trabalho livre enquanto um direto que tem como contingência regras que se traduzem em ônus e bônus para seus executores — disse Gama.

— Ao contrário disso, estabelecer *a priori* uma participação mínima aos produtores dessa riqueza, cota ínfima que não garante o seu sustento, é apenas uma evolução do *sistema de armazéns*.

— Concordo plenamente, Rebouças! De fato o coelho saiu da cartola. Entendo o que você quer dizer com fragilidade e os riscos que correu.

130

DEUSES, VOCÊS NÃO SÃO DEUSES?

Passados alguns instantes, foi possível identificar uma certa satisfação no semblante de Fanon. Ele havia atingido seu objetivo. Rebouças conseguiu se sentir confortável o suficiente para dividir suas experiências e angústias. Gama entendeu que a fragilidade referida por Rebouças não se tratava de uma situação atinente a um fracasso pessoal diante das oportunidades que o engenheiro teve. Enfim, embora estivessem em lugares distintos, a batalha que ambos enfrentavam era travada no fundo movediço do mesmo abismo.

Rebouças se sentiu compreendido por seus interlocutores. Ele havia demonstrado que o fim da servidão e da vassalagem não se tornou sinônimo de liberdade e igualdade para todos. A dissolução das antigas relações de trabalho não se sucedeu por novas, sem que as partes interessadas estabelecessem intensas disputas.

Ele concebia que tudo estava para ser feito a fim de que uma justa divisão do trabalho pudesse ocorrer. Aquele exemplo da caixa de socorros de Godin era parte de um enorme tratado de economia industrial que objetivava que o trabalhador não estivesse sujeito a condições mínimas de sobrevivência. Para Rebouças e Godin[14], o mínimo era insuficiente para contemplar as necessidades mais básicas de um ser humano. Eles ansiavam por um novo mundo, com um novo padrão de legitimidade e fundamentado na igualdade entre todos os seres humanos.

Mas sabemos que esse tipo de parceria não se tornou hegemônica no mundo e que essa forma de associação cedeu lugar àquela que entende

---

[14] Ver apêndice ao final do livro.

que a cota de participação dos trabalhadores deve ser mínima para sobreviver. Dessa maneira, tudo que for diferente do mínimo pode gerar mais excedente de riqueza e mais trabalho aviltante, mantendo a exploração do homem pelo homem. Enfim, a contramão daquilo que Godin e Rebouças preconizavam. A fortuna como um fim e não um meio.

— Que incrível paradoxo, André! Belo exemplo esse da caixa de socorros de Godin. Mas infelizmente foi a vida industrial, como a que nos descreveu nos portos por onde passou, que se espalhou pelo mundo do trabalho de forma muito mais ampla.

— Verdade, Fanon. E fez com que grandes e rápidos acúmulos se concentrassem, pervertendo a lógica da vida — disse Rebouças.

— O tal negócio de família. Para algumas famílias!

— Sim, Gama. Foi assim nas grandes companhias portuárias que se estabeleceram naquela época. Reforço que, entre estas, o caso do porto de Londres, no início do século XIX, foi uma referência de riqueza e eficiência, mas, ao final daquele período, a região portuária defrontou-se com a maior greve de sua história, causada pelo grande número de miseráveis que se espalhou pela região.

— Você acha que foi uma coincidência ou apenas uma consequência do fim do ciclo daquela tecnologia?

— Nem uma coisa nem outra. A convivência da riqueza e da pobreza se tornou uma constante no tal mundo moderno. Como engenheiro, eu sabia que não era casual. Era relacional, simbiótico e sempre haveria mais e mais se a verdadeira mudança não chegasse.

— Parece que de alguma maneira você pressentia isso, pois já sabia como as coisas se passaram nos Estados Unidos e não quis permanecer no Brasil quando ele também se tornou uma república — disse Gama.

— Confesso que não tinha pensado dessa maneira, pois não sou contra o sistema republicano, como já disse antes. Mas é inegável que o legado da escravidão permaneceu nesses dois países, impossibilitando qualquer contrato social justo.

— Não resolve acreditar que o problema está no parlamentarismo, no presidencialismo ou na monarquia constitucional, enquanto sistemas de governo. Antes é necessário nos libertarmos de toda estrutura e instituição que, sob o manto da democracia, insiste em manter cativa, com as correntes do racismo, grande parte daqueles que são seus cidadãos — disse Gama.

— Essa é a minha luta com a psicanálise, com suas limitações e com alguns de seus pensadores. Só conseguem nos ver a partir de nossas reações e assim nos definem, nos limitam e determinam nossa inferioridade.

— Então sua saída do Brasil não se tratou exclusivamente de uma fuga. Seria exagero dizer que você buscava uma nova perspectiva de vida?

— Você não está errado, Gama. Meu autoexílio era uma resposta indignada ao golpe republicano em nosso país e uma tentativa de insistir na crença de que a engenharia e seus recursos podiam ajudar nossos irmãos do outro lado do Atlântico, já que havíamos falhado na América.

— E que tipo de atuação você procurou desenvolver como engenheiro naquela fase de sua vida?

— Bem, Fanon, antes de qualquer coisa, como engenheiro, preciso dizer que entendo que as cidades sempre surgiram como uma interferência humana na geografia do planeta para proteger nossa frágil existência na relação que desenvolvemos com o imenso poder da natureza.

— Típico de um engenheiro!

— Sim, Fanon. Principalmente se nos dermos conta que, na antiguidade, por exemplo, a segurança de seus habitantes era depositada no culto e na relação com seu deus ou com deuses protetores. Não poder cultuá-los, como no caso do ostracismo, era pior que a morte. Era o mesmo que estar à mercê de qualquer destino durante a existência sobre a Terra.

— Era um outro paradigma para pensar a ocupação do espaço — disse Fanon.

— Outro mesmo! Quando nossa época chegou, acreditei que viveríamos uma ruptura com esse paradigma e que experimentaríamos um outro tipo de legitimidade em nossas relações. Isto é, pautados na racionalidade, estaríamos livres dessas situações. Entretanto, geramos outras formas de ostracismos baseados na razão, entre as quais o racismo é a pior para nós — disse Rebouças.

— A racionalidade não impediu que outras formas de exclusão se constituíssem, ela não conferiu isenção ou imparcialidade e, como vimos, o ódio permeou as relações sociais — disse Fanon.

— E mesmo você chegou ao limite de sua esperança e paciência.

— Obviamente, Gama. Eu não mais suportava a intransigência daqueles escravocratas. Confesso que, quando se trata dessa realidade, falta muito para que possamos dar o mesmo grito que Aimé Césaire.

Eu queria muito dizer: *Deuses, vocês não são deuses. Eu sou livre.* Mas não foi isso que vi por onde passei. Vocês sabem o quanto me dediquei e investi na mudança de consciência, no arrependimento e na possibilidade de persuadir aqueles senhores de que outro caminho era possível.

Ao término da fala de Rebouças, notava-se que ele não havia conseguido falar sobre aquele momento de sua vida e de como havia atuado como engenheiro. Todos tinham um pesar no semblante que misturava raiva e frustação. O silêncio tomou conta da sala. Mas Fanon não desistiria.

O AUTOEXÍLIO

O grito dado por Césaire, mas que, segundo Rebouças, permanecia preso no peito de muitos de seus irmãos, motivava o silêncio que inundava a sala desde a última vez que o engenheiro se pronunciou. A moderna sistematização da miséria sujeitava homens negros e mulheres negras a instituições retrógradas sofisticadamente perversas. Essa conjuntura demoveu o sempre paciente Rebouças de sua postura persistente. Dessa forma, ele não desejou realizar qualquer aposta em um Brasil republicano e partiu para o autoexílio.

Entretanto, cada qual a sua maneira sempre soube que a saída daquela condição não se daria de forma isolada. Não à toa, Gama se tornou conhecido por ser *o amigo de todos*. Ele foi um defensor dos escravizados até as últimas consequências. Quanto a Fanon, sabemos que não pode ser esquecido em sua luta ao lado do povo argelino. Rebouças, distante do país, mesmo sendo um introvertido, um homem dos bastidores, que viveu entre nobres, nunca perdeu a empatia e a fé em um Brasil para negros e brancos.

Mas quais seriam as atitudes sonhadas para o *homem de ação* de que tanto falava Fanon? O que fazer diante de uma dialética do *Outro* e do *Eu* impossibilitada pelo não reconhecimento de seu Eu? Esse *Eu* reativo, *sem passado negro, sem futuro negro*. Um Eu expulso de si. Um polo a ser superado nessa dialética. *Inexistente*! Que age para atender às expectativas do mundo.

Essas eram as questões que gritavam de maneira ensurdecedora na alma de cada um daqueles homens, enquanto mantinham suas bocas caladas. Àquela altura, não se tratava de resistir a qualquer exposição, era tão somente um momento de reflexão, pois aquela espécie de sessão terapêutica, que houvera se constituído em uma conversa madura e amigável, efetivamente, estreitou laços. Todavia, Fanon e Gama queriam saber sobre a vivência de Rebouças em solo africano.

— Acho que entendo, ao menos em parte, sua desistência do Brasil. Mas estou com algumas falas suas latejando aqui em minha cabeça.

— Diga-me, Fanon. Mas já imagino do que se trata. Minha partida, certo?

— Sim. Quero insistir nesse assunto. Em que sentido esse exílio lhe possibilitou "embarcar em outro sonho", como você mesmo disse? Que respostas buscava? Por que disse que "faltou força para suportá-las"? Pois, até você entender que estava aqui, parecia quase impossível deter sua partida para Barbeton. O que houve com seu sonho? Essa memória de sua saída da Europa até chegar ao Funchal, agora já recuperada, muito me interessa.

— Então, vamos por etapas. Responderei uma pergunta de cada vez.

— Tudo bem, André. Fique à vontade — disse Fanon.

— Inicialmente, não havia sonho nenhum. Havia muita revolta e indignação com as circunstâncias em que saí do país. Mas essa situação já deixei muito bem explicada.

— Sim. Mas conte-nos mais — disse Gama.

— Após minha partida, fiquei na Europa até o ano de 1892. Mantive-me fiel ao imperador até sua morte, enquanto acompanhava angustiado os rumos do Brasil, com a rápida e absurda desvalorização da moeda, com a intransigência de Deodoro e o autoritarismo de Floriano, fomentando guerras na capital e no sul do país. Não suportava mais ouvir aquelas notícias que chegavam muito facilmente à Europa. Alguns de meus amigos queriam que eu voltasse, mas eu não me imaginava vivendo em meio aos *caronistas*.

— Fidelidade ao imperador? O que é isso? Uma espécie de dívida? — perguntou Luís.

— Pode parecer, ou melhor, é um absurdo. Mas meu primeiro sentimento foi de culpa. A abolição era causa daquele desfecho e eu me senti em parte responsável por aquele destino.

— Esse era seu sonho? Cuidar do imperador durante o exílio? Para isso deixou o Brasil e seus amigos?

— Não, Gama!

— Então vamos, André! Demorou anos para se livrar da sombra de seu pai e das projeções que ele tinha para você. Seria demais para qualquer um, depois disso tudo, que você se tornasse responsável pelas consequências das morosas escolhas do imperador do Brasil.

— Eu sei. Eu sei. Chega a ser ridículo, mas...

— Mas? Você já disse que não era um monarquista, então, vou preferir entender que apenas direcionou sua sempre generosa bondade a pessoa de Dom Pedro II. Fez por ele, mas faria por qualquer um — disse Gama.

— Sabemos que sempre houve muita dessa bondade em você, mas queremos saber de seus sonhos.

— Sim, Fanon, mas vocês não me deixam falar. Acalmem-se, senhores!

André parecia pronto para contar sobre sua vida. Ele estava feliz pelo interesse de seus interlocutores.

— Após a morte do imperador, decidi partir para a África e quando estava lá fiquei sabendo que o José do Patrocínio havia sido deportado. Meus amigos acharam melhor eu não voltar por um tempo, embora também não quisessem que eu estivesse na África.

— Um novo começo. Um sonho desafiador — disse Gama.

— Meu sonho e minha necessidade. Meus recursos estavam acabando e meu amigo Antônio Júlio Machado me indicou para ser nomeado para a Estrada de Ferro de Loanda a Ambaca ou qualquer outra empresa que surgisse. Então, saí de Marselha, em março, passando pelo Canal de Suez e, em maio, cheguei ao solo africano. Naquele instante, eu me colocava na mesma trilha recém-percorrida por George Williams.

— O que quer dizer com isso, André? Trilha de George Williams?

— Gama, André está voltando ao antagonista de Veneuse. Aquele que usamos como exemplo quando dissemos que nem todos que voltam à sua terra natal serão como Jean Veneuse. Penso que seja isso!

— Sim. Nada te escapa, Frantz! Embora a África não seja minha terra natal, a ideia que quero passar é, justamente, essa. Vou fazer mais um paralelo nessa conversa — disse Rebouças.

— Perfeito. O mesmo do livro autografado, certo? — falou Gama, situando-se na conversa[15].

— Sim. Eu tinha o mesmo sentimento que ele quando parti para a África. Entretanto, enquanto ele pareceu querer reviver o papel missionário

---

[15] Ver imagem do anexa A.

dos tempos de sua carreira eclesiástica na igreja batista de Boston, eu quis colocar-me novamente a serviço da engenharia, do carro do progresso e da civilização. Williams foi iludido pelo rei Leopoldo e sua Associação Internacional do Congo, que diziam recrutar negros americanos para criar uma colônia naquele país.

— Perfeito, André! Dois missionários. Um cristão e outro laico — disse Gama.

— Se é que há diferença! Mas vamos lá! Williams era uma espécie de embaixador, mesmo sem ter posto os pés na África. Mas os negros americanos estavam desconfiados e resistiam em ir para o Congo. Por isso, o próprio Williams foi conhecer o país, embora alguns emissários do rei quisessem demovê-lo dessa ideia. Ao chegar ao Congo, ficou estarrecido com as atrocidades cometidas: escravidão, assassinato, rapto de mulheres. Diante de tudo isso, ele escreveu uma carta aberta contra o rei Leopoldo denunciando aquela situação.

— Bom, é bem diferente da postura de Veneuse. Mas o que o aconteceu no caso do missionário laico Rebouças? — perguntou Gama.

— Como disse, estávamos na mesma trilha. Ele viveu suas experiências basicamente no ano de 1890 e eu, em 1892. Ele se iludiu com a associação do rei Leopoldo, já eu… — André parou por alguns segundos, como se fizesse um exame de sua consciência, e continuou: — Definitivamente, posso dizer que naquele ano fui despido de muitos preconceitos e fantasias. Eu achava que, literalmente, vestiria trezentos milhões de africanos. Levar a civilização. De maneira geral, posso dizer que eu me dirigi à África acreditando que os problemas lá existentes faziam parte do legado da escravidão romana, maometana e americana. Assim, acreditei que precisávamos eliminar essa herança proporcionando o bem-estar a toda a família humana. Coisas que já havia dito em meu artigo sobre a *abolição da miséria*.

— E que tipo de preconceitos e fantasias se desvelaram aos seus olhos? — perguntou Fanon.

— Eu acreditei que seria possível encontrar uma solução universal e racional que constituísse um lugar comum de bem-estar para todos os seres humanos. Que arrogância da minha parte! Também acreditei que o processo de colonização feito por europeus, tomando o cristianismo como uma força civilizadora, fosse superior aos demais. Mas não demorou muito tempo para me deparar com situações similares àquelas vividas pelo Williams.

— O que você viu?

— Fanon, no meu caso, eu vi a região do Transvaal ser retomada pela prática escravista, sistema de armazém, espancamentos, linchamentos e os boers[16] adotando atitudes perversas, como o fato de não permitirem aos africanos possuírem terra em seu próprio continente.

— O que você fez ao deparar com isso? — perguntou Fanon.

— Diante desse quadro, também escrevi cartas denunciando tais situações, mas não eram abertas como a do Williams. As minhas se endereçavam a meus amigos no Brasil. Enfim, de Barbeton eu parti para Cape Town e, por fim, instalei-me no Funchal, por não suportar mais ver aquelas atrocidades.

— O que se desvelou para você foi o Complexo de Próspero dos europeus.

— Refere-se à obra de Shakespeare? *A Tempestade*?

— Sim, André. Mas prefiro a versão que Césaire escreveu.

— Ele, novamente! Pode falar mais sobre isso.

— Sim, Rebouças. Mas não vou me ater a ele agora. Quero falar é do seu despertar para a diferença existente entre a colonização e a civilização. Tanto você quanto George Williams, mesmo que por um breve instante, acreditaram que se tratava da mesma coisa. No entanto, puderam ver com seus próprios olhos que a ação do colonizador nada tem de civilizatória.

— Eu deveria ter me despido em vez de querer vestir os africanos — interrompeu André. — Siga, Frantz.

— Nesse encontro entre colonizador e colonizado, a psicologia toma por metáfora o personagem de um náufrago chamado Próspero, obra de Shakespeare, que em seu exílio foi colonizar uma ilha com o objetivo de um dia voltar ao seu país de origem e se vingar de seus traidores.

— Apesar do exílio e de querer me vingar dos *caronistas*, não visto essa carapuça de Próspero.

— Agora peço calma, André! Não se trata de você. Refiro-me à ação colonizadora de uma maneira geral. Desse encontro entre o negro e o branco. Peço que entenda que as ações de Próspero naquela ilha não tinham por objetivo iniciar seus habitantes na cultura dele. Diferentemente do que você desejava.

---

[16] Os boers são descendentes de colonos calvinistas dos Países Baixos, Alemanha, Dinamarca e huguenotes franceses que disputaram a colonização da África do Sul com os britânicos.

— Tudo bem. Desculpe-me por interrompê-lo. Siga!

— Sem problemas, André! Bom, o que quero dizer é que as ações de Próspero, ou seja, as ações colonizadoras, têm por objetivo apenas colonizar os habitantes da ilha. Isto é, torná-los dependentes e inferiores. Nisso consiste a colonização.

— Infelizmente precisei aprender isso da pior forma — disse Rebouças.

— Ao construir esse lugar de subalternidade, de inferioridade e de dependência para o colonizado, surge a cara mais perversa do colonialismo. Ao não reconhecer o lugar de igualdade, o colonizador nos remete, consequentemente, ao lugar da incapacidade — disse Gama.

— Mas nós sabemos que, diferente do que se pensa, nada impede que o colonizado possa assimilar a cultura do colonizador, pois não existe essa coisa de que pretos são incapazes. Entretanto, esse não é o objetivo do colonizador — disse Rebouças.

Ao término da fala de André, Fanon mais uma vez mexeu em seu bloco de anotações, virou algumas páginas e começou a ler:

Dia após dia, este sistema desenvolve em torno de vocês conseqüências perniciosas, dia após dia, seus promotores os traem, prosseguindo, em nome da França, uma política tão estranha quanto possível, não somente aos seus verdadeiros interesses, como também às suas exigências mais profundas [...] Vocês se orgulham em manter-se à distância de uma certa ordem de realidades: assim, vocês deixam as mãos livres àqueles que não são desencorajados pelas atmosferas malsãs, uma vez que as encorajam com o próprio comportamento. E se vocês aparentemente conseguem não sujar as mãos, é que outros as sujam em seu lugar. Vocês têm capangas, mas, no fim das contas, são vocês os verdadeiros culpados: pois sem vocês, sem sua negligente cegueira, tais homens não poderiam levar adiante uma ação que vos condena e vos desonra.

— Essas são palavras de Francis Jeanson, um grande pensador que também lutou por liberdade na Argélia contra esse colonialismo — disse Fanon.

— Caro André, sua ida ao Funchal e a carta aberta de George Williams representam para esse lugar de subalternidade, de dependência, de inferioridade, de capanga um expressivo "não". Sua integridade, mesmo com uma situação financeira cada vez mais prejudicada, não foi comprometida. Você conheceu a sistemática e as pessoas por trás dela e não se colocou a serviço deles. Jamais — disse Gama.

Diferente de todas as posturas que havia assumido desde que entrou naquela sala, Gama continuou reconhecendo as escolhas de André. Ele apresentava um jeito mais brando ao se dirigir a Rebouças, como se as atitudes anteriores já tivessem desempenhado um papel desejado.

— Sabemos que você entende que todos os homens devem ter o direito de colonizar a terra, constituindo assim sua cultura e seus hábitos e que, por isso, sempre esteve muito preocupado com a questão da posse e da propriedade — disse Fanon

— A engenharia deve ter aguçado ainda mais esse seu ímpeto de tornar essa ação a mais justa possível. Não tenho dúvida do sofrimento que lhe causou ver que o carro do progresso transporta alguns, atropela outros e ver que esses outros éramos nós — disse Gama.

— Sim, meus amigos. Foi angustiante constatar essa cisão ao longo dos anos e ver que a crescente hegemonia desse colonialismo era extensiva aos nossos irmãos africanos — disse Rebouças.

— E, como eu disse, você viu isso nos Estados Unidos, depois no Brasil e mais uma vez na África.

— Pois é, Gama. Por mais que eu sempre propusesse alternativas ou resistisse a tudo isso, por fim, terminava me perguntando: quando isso acaba?

— Essa certamente é a pergunta da qual não suportou o peso da resposta. Inicialmente, não deve ter acreditado nela, mas se deu conta de que não estava enganado. A resposta estava correta. Não há lugar para nós nesse modelo de sociedade a não ser aquele da inferioridade, da subalternidade, da dependência — disse Fanon.

— A libré — interrompeu Gama.

Fanon prosseguiu:

— Sim, Luís. Qualquer coisa diferente disso nos leva aos pelourinhos, aos linchamentos, à segregação, à marginalidade, à fome, ao subemprego, às cadeias, aos manicômios. Por isso, André, inevitavelmente, você se perguntou: quando isso acaba?

— Sim, Fanon!

— Preciso, infelizmente, lhe dizer que, mais ou menos, cinquenta anos após sua morte.

— Já se passou todo esse tempo? Mas acabei de chegar? — disse Rebouças, espantado.

— Lá na Terra, sim. Muito mais. Mas não se atente a isso agora. Não se trata do que foi, é ou será. É mais complicado que isso. Ainda há muita coisa para você compreender sobre este lugar. Quando dissemos que agora temos todo o tempo, é porque realmente o temos — disse Gama.

— Nossa! — disse André, surpreso, e continuou: — Mas parece que interrompemos o Fanon.

— Bem, o que queria dizer, mas sei que já entenderam, é que não há limite para esse tipo de violência contra nós, justamente porque é contra nós. Só nos resta, no meu entender, admitir que ela não terá fim se apenas nós nos importarmos com ela e eles continuarem a ignorá-la. Ah! E isso já teve consequências.

— Desculpe-me, Fanon, mas do que você está falando? — perguntou André.

— Como eu dizia, aproximadamente, cinquenta anos após sua morte, esse colonialismo chegou à Europa. Esse fato muda a perspectiva da sua questão. Não se trata de quando isso acaba. Trata-se de contra quem essa violência não é tolerada. Para ser mais preciso, agora sim, vou pedir licença para trazer o Césaire mais uma vez à nossa conversa.

— Ele é bem-vindo!

— Sempre!

E mais uma vez Fanon voltou as suas anotações:

Diziam: 'Que coisa estranha! Bah! é o nazismo, isso não vai durar!' E esperaram, alimentaram expectativas; e esconderam de si próprios a verdade, ou seja, que é mesmo uma barbárie, mas a barbárie suprema, aquela que coroa, que resume o cotidiano de todas as barbáries; sim, é apenas o nazismo, mas antes de sermos as suas vítimas, fomos os seus cúmplices; este nazismo aí, nós o apoiamos antes de sofrer o seu peso, nós o absolvemos, fechamos o olho, o legitimamos, porque, até então, ele só tinha sido aplicado a povos não europeus; este nazismo, nós o cultivamos, somos responsáveis por ele, por seus disfarces, por sua penetração, sua infiltração, antes de absorvê-lo pelas águas avermelhadas de todas as fissuras da civilização cristã e ocidental.

— Caro André, Césaire refere-se, para não entrar nos por menores, a um movimento de cunho racial que entendia que o povo germânico ou parte dele era uma raça superior. A raça ariana. E impuseram as práticas colonialista, sempre tão comuns em solo africano, no continente europeu. Invadiram países, mataram, violentaram, expropriaram, sujeitaram os judeus às piores torturas, a experiências científicas e terminamos por viver a pior guerra da história, com as armas mais letais já vistas. Tudo isso baseado no racismo, na tolerância daqueles que se achavam erroneamente inatingíveis e na cumplicidade de seu silêncio — disse Fanon.

— E embora você não ache que tomar conhecimento das coisas a partir deste lugar seja a mesma coisa que as vivenciar na Terra, e eu concordo com você, posso lhe dizer que esse foi um dos momentos cruciais da existência humana. Entretanto, apesar da derrota dos nazistas no campo de batalha, infelizmente, também preciso lhe dizer que muito anos depois dessa grande guerra, o racismo permaneceu como uma prática cotidiana em vários lugares do mundo. E o pior... — falava Gama quando foi interrompido.

— Fica pior? — perguntou Rebouças.

— Sim, André. A eugenia, o arianismo, ou seja, a crença nos ideais nazistas, foi acolhida em nosso país.

— Por esse motivo tanto desejei uma solução racional, imparcial e infalível para esse mal, antes de compreender que isso era impossível, pois o ódio sempre foi imanente a esse modo de vida, a esse modelo de sociedade. Bodes malditos — disse André.

Gama olhou para Rebouças, surpreso, e a expressão em seu rosto transparecia um só pensamento: esse dizer é meu! Mas ele não se importou com o uso tão espontâneo feito por Rebouças. Seus semblantes se tornaram mais leves por um breve instante. Mas não durou muito tempo. Após um breve silêncio, Rebouças voltou a se pronunciar:

— É péssimo ter notícias como essas sobre o que, para mim, seria o futuro da Terra. Mesmo já estando aqui.

— Nem todas as notícias são ruins. Conquistas também se consolidaram e logo você terá conhecimento de todas elas. Mas precisamos admitir que, na luta contra o racismo, fomos presos em uma complexa armadilha — disse Fanon.

— Por que diz isso? — perguntou André.

— Pois o racismo, ao legitimar o vil colonialismo, a partir da cor de nossas pelas, segue negando-nos humanidade e nos inferiorizando. Destituídos da condição humana, corremos o risco de passar a vida buscando provar, desnecessariamente, o contrário.

— Mas quem dá os termos dessa condição humana? — perguntou Gama.

— O colonizador! O mesmo que inventou o racismo, hierarquizando os diferentes grupos populacionais, seus hábitos e seus costumes. E é obvio, naquelas circunstâncias, ele se colocou no topo dessa hierarquia. Ser humano é ser como o colonizador. Só assim é possível estar no topo — disse Rebouças.

— Exatamente, André. E quando essa situação se tornou inviável, devido a comprovações científicas, as raças hierarquizadas não puderam mais ser sustentadas, mas o racismo, sim.

— Como? Se foi comprovado cientificamente o contrário? — perguntou Rebouças.

— A ciência comprovou, biologicamente, que havia uma só raça, a humana. Nela estavam incluídos todos os grupos populacionais. No entanto, no que se refere às diferentes expressões da religião, cultura, arte, filosofia, estética etc., os hábitos e costumes do colonizador permaneceram como referenciais universais, pois ele se impôs no topo dessa hierarquia. Cientificamente o racismo acabou, mas social e culturalmente ele se manteve — disse Fanon.

— E sempre que um grupo não hegemônico defende o legado constituído no processo histórico por meio de sua ancestralidade, ele é acusado de quê? — perguntou Gama.

— Racista! E não tenho dúvida que tal acusação provém do grupo hegemônico ou balizado em seus valores a fim de defender seu lugar de privilégio. Mais uma vez foram competentes em transferir para nós a culpa deles — disse Rebouças.

— Mas, então, meus irmãos, eu pergunto: como enfrentar o racismo à altura? — perguntou Fanon.

— Precisaremos ser fortes e escalar o abismo em que fomos jogados. Continuar reafirmando nosso valores, olhando para o nosso passado, contemplando e refletindo acerca de nossa qualidade e de nossos defeitos. Assim encontraremos elos para essa diáspora. Nenhum "universal" —

Rebouças fez o movimento com os dedos no ar a fim de indicar as aspas — que não nos inclua pode ser tido como tal.

— Mas, sinceramente, não sei se isso é suficiente, se esse exercício for apenas nosso — disse Gama.

— Entendo. Quando eu ainda acreditava que uma vitória pautada, exclusivamente, na racionalidade solucionaria nossos problemas, talvez eu discordasse de você. Mas, pelo que conversamos aqui, sabemos que essa razão não é isenta nem imparcial — disse Rebouças.

— Verdade, André. Você viu isso em três continentes diferentes. Quando o mundo admite que a razão é um elo universal e hegemônico entre os homens, não nos incluem. Ela nos é negada. Ela *brinca de gato e rato* conosco — disse Fanon.

— Mas, pensando bem, é melhor que entendamos que não existe essa coisa de racionalidade isenta e imparcial. Somos responsáveis por nossas escolhas e isso é que nos faz livres. Espero que um dia estejamos todos prontos para a liberdade. No entanto, infelizmente, muitos preferirão acreditar que têm sua existência determinada por um projeto civilizacional ou por um destino. E, de tal modo, procuram escapar da culpa.

— Por isso insisto, André, nessas circunstâncias, é necessário que eles despertem para a escolha que fazem em nos negar a condição de igualdade. O racista quando advoga a causa de uma raça humana universal em defesa de seus privilégios, já fez uma escolha, embora sustente que se trate de uma análise lógica dos fatos — disse Gama.

— Se quiserem combater o racismo, precisarão se colocar ao lado dos demais grupos populacionais e não acima de tudo e de todos. É necessário encarar seus hábitos, seus costumes, seus defeitos, seus limites e suas responsabilidades — disse Fanon.

— Caso contrário, resistir continuará sendo fundamental. Como quando se questiona a psicanálise, ao se confrontar o inconsciente coletivo e a *catharsis* coletiva ou ao assumir a legítima defesa no enfrentamento do escravagismo.

— Mas esqueceu-se de falar da sua própria resistência, André. Embora tenha acreditado em uma racionalidade cartesiana. Fato compreensível para um engenheiro, não? Você nunca se tomou por uma universalidade corporativa e corporativista que faz do anonimato e da impessoalidade uma condição de abandono dos demais — disse Gama.

— Muito pelo contrário! Vidas como a sua, a de George W. Williams, que era um cristão batista, e de Thomas Urbain[17], um muçulmano, apontam o caminho de encontro de trajetórias diaspóricas. Episódios como esses, ao longo de diversas histórias, nos levam a perspectivas infinitas — disse Fanon.

— Acho que se começássemos a reunir e colecionar fatos referentes a essas diferentes realidades experimentadas pelos negros, jamais terminaríamos essa conversa — disse Gama.

— Espero que a negritude que se insurge encontre-se na tensão de sua pluralidade, pois é essa inquietação que nos move, que torna possível uma reflexão fundamental sobre quem somos e o futuro que desejamos. As gerações que virão depois da nossa farão isso e darão esse grito que está preso na garganta — disse Fanon.

– Assim como Césaire! Dirão, enfim, eu sou livre! — disse Rebouças

Ao terminar de proferir aquelas palavras, André se sentiu completamente recuperado. Suas recordações estavam reestabelecidas. Ele estava tão à vontade que se deitou no divã, olhando fixamente para a luz amarela no centro do teto, e continuou a falar:

— Estou totalmente recuperado. Sinto-me parte deste lugar. Recobrei meu vigor. Mas é diferente! Minhas lembranças se integram a outras que não vivenciei e que não são minhas. Não sei explicar muito bem, mas agora entendo do que falavam. Sinto que agora poderemos ampliar nossas discussões. O que acham senhores? Senhores?

Rebouças se sentou novamente e percebeu que ao seu redor tudo e todos haviam sumido. Restavam apenas ele, o divã e uma porta que enxergava à sua frente. Um tanto assustado, ele disse:

— Onde vocês estão? Para onde vocês foram?

Uma voz semelhante à de Fanon, do outro lado da porta, respondeu:

— Seu tempo acabou, meu caro irmão. Sua memória está a salvo. Nós não podíamos perdê-la, pois ela é muito importante para todos aqueles que lutam contra os efeitos desse colonialismo. Se tiver coragem, venha! Atravesse a porta!

---

[17] Jornalista saint-simoniano filho de um comerciante francês e de uma mulher negra livre da Guiana Francesa. Defendeu a cultura árabe e uma Argélia para os argelinos.

APÊNDICE

Godin mergulhou de corpo e alma no ideal de associação capital-trabalho e não sem motivo serviu de inspiração a Rebouças em seus estudos sobre a extinção da miséria. Aquele homem simples iniciou sua trajetória como um modesto serralheiro, construiu uma fortuna e partilhou toda a riqueza advinda da usina que criou com os trabalhadores. Fez um palácio na cidade de Guise que serviu de modelo urbanístico para o mundo. Não era uma vila de trabalhadores. Era realmente um palácio inspirado em Versalhes, à disposição dos funcionários da fábrica, com comodidades que não eram normalmente oferecidas aos operários. Lá foram construídos espaços para o cuidado dos filhos dos trabalhadores, biblioteca, escola, teatro, piscina aquecida, entre outros. Algo inimaginável para aquela época e por muitos anos depois.

As unidades que habitavam os funcionários foram preparadas para atendê-los assim como suas famílias. O próprio Godin se transferiu para o palácio antes mesmo de renunciar seu lugar de dono da usina e tornar todos os trabalhadores seus sócios.

Sob a liderança de André Godin, aqueles corações e inteligências colocavam sua força de trabalho a serviço de suas próprias famílias, fazendo da riqueza um meio e não um fim em si. Eles viviam em função de seu próprio bem-estar e percebiam em seu líder uma pessoa preocupada com os mínimos detalhes, pois para ele não se tratava somente de abolir a miséria, mas de viver com conforto em um ambiente projetado, construído e mantido por seus proprietários.

Em sua mente, Godin estava sempre pensando em algo melhor e mais aprimorado. Ele atentou para a necessidade de substituir as chupetas de cortiça das crianças do berçário por chupetas de látex, que ele mesmo inventou.

Também providenciou proteção impermeável para os colchões dos berços da escola maternal para que o ambiente sempre estivesse o mais limpo e asseado.

O palácio dos trabalhadores, também chamado familistério, era do outro lado do rio que a usina utilizava para as funções fabris. Essa separação fez com que ele se preocupasse com o risco de afogamento dos filhos dos funcionários. Isso o levou a projetar uma piscina aquecida com fundo móvel que utilizava a água que passava pela usina. Projetada dessa maneira, ela podia ser utilizada pelas crianças e pelos adultos de maneira segura no conforto da temperatura adequada, o que não impediu que sua fábrica se mantivesse por muitos anos como líder de mercado.

ANEXO A

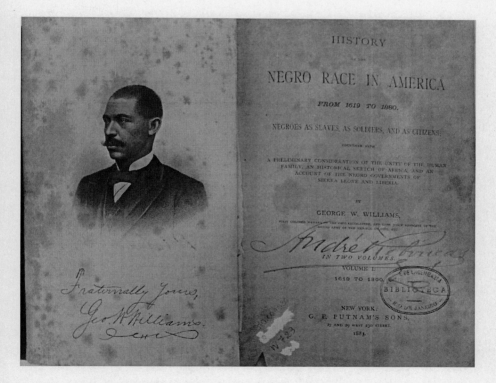

Figura 1 – Foto tirada do livro *History of the Negro Race in America*, parte integrante dos objetos pessoais de André Rebouças. Propriedade do acervo do Club de Engenharia – RJ

DOCAS

Mr. Le rédacteur. – Dans ce moment, il est question de construction de Docas; cette question interesse le Brésil parceque, jusqu'á ce jour, le pays n'a pas été assez favorisé pour posséder des endroits convenables pour les descharges de merchandises que la capital recevait et reçoit de jour en jour avec plus d'abondance.

Permettez moi. Mr. Le rédacteur, de vous divulguer quelques fait, qui leurs sont relatifs.

En 1864, M. le Dr. Meirelles eut á cette egard des pourparlers avec son bom amis M. le Dr. Rebouas père, que furent bien entendus, compris e mis à profit par M. le André Rebouças fils, aujord'hui gérant de la compagnie des Docas, á Rio de Janeiro.

A cette époque, Sa Majesté l'Empereur eut quelques connaissance de cette projet, l'approuvait et laisat espérer son appui moral; car Sa Majesté n'a pas besoin de donner de fonds pour protéger l'industries de certaines importance; mais quant il voit que le bien du pays est en jeu, oh! alors il fait de son mieux, pour aider ceux qui ont en vue la prosperité et l'honneur de la patrie.

Il desira connaitre les plans d'une oeuvre qui promettrait de si grands avantanges au commerce, comme au gouvernement.

Mr. Docteur Meirelles eut le plaisir de soumettre à S. M. non seulement le plan, comme aussi tout ce qui était écrit sur le Docas projetés.

DOCAS[18]

Sr. o Redator. – Neste momento, é discutida a construção de Docas; esta discussão interessa o Brasil porque, até este dia, o país não foi favorecido o bastante a fim de possuir lugares convenientes para a descarga de mercadorias que a capital recebeu e recebe dia a dia com mais abundância.

Permita-me, Sr. o Redator, de vos divulgar alguns fatos relativos a este assunto.

Em 1864*, o Sr. Doutor Meirelles teve a este respeito tratativas com seu bom amigo, o Sr. Doutor Rebouças pai, que foram bem entendidas, compreendidas e colocadas em proveito para Sr. Doutor André Rebouças filho, hoje gerente da companhia das Docas, no Rio de Janeiro.

Naquela época, Sua Majestade o Imperador teve algum conhecimento deste projeto, o aprovou e deixou esperar seu apoio moral; pois Sua Majestade não tinha necessidade de doar fundos para proteger as indústrias de alguma importância; porém quando ele vê que o bem do país está em jogo, oh! Então, ele faz o seu melhor, para ajudar aqueles que têm em vista a prosperidade e a honra da pátria.

Ele desejou conhecer os planos de um obra que prometia tão grandes vantagens ao comércio, como ao governo.

O Sr. Doutor Meirelles teve o prazer de submeter a Sua Majestade não somente os planos, como também tudo que estava escrito sobre as Docas projetadas.

---

[18] *Jornal do Commercio*, de 26 de setembro de 1871. Acervo da Hemeroteca Digital da Biblioteca Nacional.
* Pela cronologia dos fatos descrita no artigo e no contexto de publicação, o ano correto seria 1846. Certamente, trata-se de um erro de digitação.
** Não encontrei tradução para esse termo, mas acredito que pode ser a grafia incorreta de *desideratum*, que poderia ser traduzido como: "o que se deseja ou aquilo que se aspira".

S. M. projeta de suíte tous les avantajes qui resulteraient de leur réalisation, et pria le Dr. Meirelles de lui faire connâitre l'auteur Se soumettant à ce desir, il fit sa volonté en lui présentant M. le Dr. Rebouças et son fils André Rebouças. Lá, ces messieurs donnerent à S. M. toutes les explications necessaires pour bien saisir le bien qui en resulterait, pour la capital comme pour les personnes qui seraient dans le cas de concourir pour leur fortune à entreprendre de si enorme constructions, qui pourraient faire peut-être leur fortune et leur reputation; comme aussi quelques fois occasioner l apertes de grosses avances necessaires pour de si grands travaux.

Alors avec l'assentiment de S. M. M. André Rebouças partir pour l"Europe afin d'étudier tout ce qui pouvait avoir rapport a ce desiderandum, et quand il fut bien au fait, et sûr de lui, il revint à Rio de Janeiro pour le mettre en execution.

Mais avant de ne rien faire, il eut inspiration de reconnaissance et respect de se presenter de nouveau à S. M. pour lui donner informations, détails et résultat de ses études et esperances.

Á la suíte d'une si honnorable approvation, et si délicat encouragement, le Dr. André Rebouças si mit en mesure de réunir de associés, qui ne lui refusèrent pas leur concours.

Ces donc sous ces auspices, que Mr. le Dr. André Rebouças est parveu, par sou bon valoir; sa perserverance, ses talents et son patriotisme, à faire ce que son Altesse Imperiale, digne Regente Imperiale, et son Royal Epoux, ont vu de leurs propres yeux em honuorant de leur presence l'inauguration des docas, Saude et Gamboa, en dépit de la mauvaise volanté de ceux qui ont essayé de troubler une fête si populaire et pour ainsi dire de famille.

(!) Dr. Meirelles, medicin de SS. MM. Imperiales pendant bien des annés décédés le 30 Juillet 1864.

M.M.

Sua Majestade apreciou de imediato todas as vantagens que resultariam de sua realização, e pediu ao Doutor Meirelles para lhe fazer conhecer o autor. Se submetendo a este desejo, ele fez sua vontade lhe apresentando o Sr. Doutor Rebouças e seu filho André Rebouças. Então, estes senhores deram a Sua Majestade todas as explicações necessárias para apreender o bem que resultaria disso, para a capital como para as pessoas que estariam, no caso, concorrendo para que suas fortunas fossem empreendidas em enormes construções, que poderiam fazer talvez sua fortuna e reputação; como também, algumas vezes, ocasionar a perda de grandes vantagens necessárias para tão grande trabalhos.

Então, com o consentimento de Sua Majestade, André Rebouças partiu para Europa a fim de estudar tudo aquilo que podia ter ligação com este *desirandum***, e quando ele chegou ao ponto, seguro de si, ele voltou ao Rio de Janeiro para colocá-lo em execução.

Mas antes de fazer qualquer coisa, ele teve a inspiração de reconhecimento e respeito para apresentar-se novamente a Sua Majestade a fim de lhe dar informações, detalhes e resultado de seus estudos e esperanças.

Em seguida de uma tão honrável aprovação, e tão delicado encorajamento, o Doutor Rebouças se colocou em posição de reunir associados, que não lhe recusaram seus concursos.

É, então, sob estes auspícios, que o Sr. Doutor André Rebouças conseguiu, por seu bom valor; sua perseverança, seus talentos e seu patriotismo, fazer aquilo que sua Alteza Imperial, digna Regente do Império, e seu Real Esposo, viram com seus próprios olhos horando com suas presenças a inauguração das docas, Saúde e Gamboa, a despeito da má vontade daqueles que tentaram perturbar uma festa tão popular e, por assim dizer, de família.

(!) Dr. Meirelles, médico de SS.MM. Imperiais durante muitos anos morto em 30 de Julho de 1864.

M.M.

NOTAS

I   JORNAL DO COMMERCIO Moyses do Trapicheiro, Rio de Janeiro, 26 nov. 1871. Hemeroteca da Biblioteca Nacional. Disponível em: http://memoria.bn.br/DocReader/docreader.aspx?bib=364568_06&pasta=ano%20187&pesq=%22Moyses%22&pagfis=3705 . Acesso em: 10 fev. 2018.

II   FANON, Frantz. Pele Negra, Máscaras Brancas. **Geledés**, São Paulo, 2014. Disponível em: https://www.geledes.org.br/wpcontent/uploads/2014/05/Frantz_Fanon_Pele_negra_mascaras_brancas.pdf. Acesso em: 14 mar. 2022. p. 182.

III   Frase que expressa o entendimento de Luís Gama sobre o conceito de legítima defesa, embora não se possa garantir que esse seja o correto uso da oração.

IV   FANON, 2014, p. 191.

V   GAMA, Luís Gama. Primeira Trovas Burlescas de Getulina. **Quilombhoje**, [*s.l.*], [201-]. Disponível em: https://www.quilombhoje.com.br/LuisGamaTrovasBurlescas.pdf. Acesso em: 13 jun. 2020. p. 55-58.

VI   FANON, 2014, p. 66.

VII   Fanon se refere, nesse caso, à transmissão genética e, consequentemente, aos fenótipos.

VIII FANON, 2014, p. 114.

IX   FANON, 2014, p. 167.

X	*Idem.*
XI	VERÍSSIMO, Ignácio José. **André Rebouças através de sua auto--biografia.** Rio de Janeiro: Editora José Olympio, 1939. p. 185.
XII	FANON, 2014, p. 71.
XIII	*Idem.*
XIV	FANON, 2014, p. 73.
XV	FANON, 2014, p. 74.
XVI	VERÍSSIMO, 1939, p. 210.
XVII	FANON, 2014, p. 61.
XVIII	*Idem.*
XIX	FANON, 2014, p. 121.
XX	GODIN, Jean-Baptiste André. **Solutions Sociales.** Paris: Les Editions du Familistere, 1871. p. 61.
XXI	FANON, 2014, p. 124.
XXII	VERÍSSIMO, 1939, p. 237.
XXIII	FANON, 2014, p. 89.
XXIV	FANON, 2014, p. 88.
XXV	FANON, 2014, p. 111.